3미터의 행복

3미터의 행복

혼다 고이치 지음 | 전경아 옮김

쌤앤파커스

차례

프롤로그 • 007

✦ **Chapter 1. 소중한 사람을 웃게 하기로 했다**

반경 3미터를 행복으로 채운다 • 014

✦ **Chapter 2. 행복은 무엇으로 정해지는가?**

기회는 전부 사람을 통해 찾아온다 • 030

인생의 내리막길에서 다시 올라서는 이들의 공통점 • 033

모두에게 사랑받을 필요는 없다 • 037

도움을 베풀면 나에게 돌아온다는 깨달음 • 041

의지할 수 있는 것도 용기다 • 045

✦ **Chapter 3. 먼저 나부터 바꾼다**

자신의 존재 자체를 긍정할 것 • 054

억지로 뭔가를 애서 하지 않아도 • 058

내가 잘할 수 있는 것은 무엇일까? • 064

행복의 기준을 낮춘다 • 068

'고마워'라는 말의 놀라운 연쇄반응 • 071

행복 열매가 주렁주렁 달린 사과나무 • 078

멋진 내가 될 수 있게 허락한다 • 082

자신에게 너무 냉정한 것은 아닌가? • 088

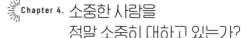

Chapter 4. 소중한 사람을 정말 소중히 대하고 있는가?

반경 3미터 안에는 누가 있을까? • 094

같이 있으면 불편한 사람은 과감히 정리하라 • 099

생각의 각도를 살짝 바꾼다면 • 103

행복하게 해주고 보상을 바라지 마라 • 108

소중한 사람을 웃게 하는 법 • 112

Chapter 5. 반경 3미터를 행복으로 채운다

이해와 애정은 같은 말이 아니다 • 122

행복의 롤모델을 찾아서 • 128

첫 번째는 나를 행복하게 해주는 것 • 133

하고 싶지 않은 일을 리스트로 작성해보자 • 136

소중한 사람과 '사용설명서'를 교환한다 • 141

가치관은 억지로 강요하지 말 것 • 147

돈으로 소중한 사람을 웃게 할 수 있을까? • 151

차례

Chapter 6. 돈과 행복의 상관관계

마음 부자가 되는 것이 먼저다 •158

돈은 누군가를 기쁘게 했다는 증거 •166

돈이 지나온 길에는 감사의 마음이 있다 •170

마인드를 바꾸는 기부의 힘 •176

마음 부자는 '현명하게 자기중심적인 사람' •180

Chapter 7. 내 앞에 있는 사람을 웃게 하는 것

'소중한 사람을 위해'라고 생각한다면 •188

에필로그 •200

프롤로그

어느 미개한 땅에 사는 부족의 이야기다. 미개의 부족이라고 해도 우리와 같은 인간. 말다툼이 벌어지기도 하고, 폭력과 도둑질 등으로 지역사회의 평화를 어지럽히는 사람도 있다. 다만 우리와 달리 그들에게는 헌법도 법률도 없다. 당연히 변호사도 검찰관도 재판관도 없다.

그래서 누군가 나쁜 짓을 하면 지역사회의 주민들이 모여 그 사람을 빙 둘러싸고 '어떤 일'을 한다고 한다. 자,

그게 뭘까? 주먹으로 때려서 힘으로 알려준다? 아니다. 지역사회의 일원으로서 갖춰야 할 책임감이나 도덕심을 설파하거나 피해를 입은 사람의 고통을 알려준다? 그것도 아니다.

그래도 '말로 한다'는 점에서는 정답이다. 나쁜 짓을 한 사람을 둘러싸고 그들은 제각기 이런 말을 한다고 한다.

"얘는 어린 시절 내가 힘들었을 때 내 손을 잡아주곤 했지."

"우리 아이가 강에 빠졌을 때 번개같이 뛰어들어 도와준 사람이 바로 얘였어."

"먹을 게 부족해서 굶고 있을 때, 얘가 높은 곳에 있는 나무의 열매를 보란 듯이 따줬지."

그렇다. 나쁜 짓을 한 사람을 벌주기보다 그 사람의 존재로 인해 얼마나 행복을 느꼈는지를 알려준다. 그러면 그는 나쁜 일을 저지르지 않기 위해 애쓰고, 주변 사람들이 표현한 것처럼 '좋은 사람'이 된다고 한다. 벌을 주는 대신 갱생시키는 것이 그들의 방식인 셈이다.

또 그들의 연간행사 중에는 '통곡하는 날'이 있다. 이 날은 지난 1년간 죽은 사람들을 기리며 "그 친구는 이런 점이 대단했지" "그는 참 좋은 사람이었어"라며 모두가 모여 통곡한다.

작가 앨런 코헨에게 이 부족의 이야기를 들었을 때 나는 마음이 무척 따뜻해졌다. 어떠한 경우에도 인간의 좋은 면에 주목하겠다는 그 모습에, 어쩜 그렇게 멋진 사람들이 있을 수 있을까 싶었다. 그와 동시에 우리는 그들과 정반대로 행동하고 있었구나 하는 생각에 뭐라 말할 수 없는 참담한 기분이 되었다.

"나쁜 짓을 한 사람을 벌주지 않다니, 작은 지역사회라서 가능한 일이야."

"인간의 좋은 면만 보다니, 거대한 자본주의 경제가 발달한 나라에서는 불가능하지 않을까?"

국가의 제도라는 관점에서 보면 분명히 그렇다. 그래서인지 우리는 다른 사람의 나쁜 면만 보고, 걸핏하면 벌주는 삶을 살기 쉽다. 하지만 그런 삶은 너무도 쓸쓸하고 애달프다.

인간은 이 세상을 어떻게 보느냐에 따라 주변 사람에게 '흑마술'도 걸 수 있고, '백마술'도 걸 수 있다고 나는 생각한다. 일단 '저 사람은 나빠' 하고 선입견을 가지면, 그 사람의 전부가 나쁜 점으로 보이고 실제로 나쁜 짓만 하는 것처럼 보인다. 이것이 흑마술이다.

반대로 '저 사람은 참 좋은 사람이야'라고 생각하면 그의 전부가 좋게 보이고 실제로 자신에게 좋은 영향을 주는 것처럼 느껴진다. 이게 백마술이다.

왜 그럴까? 인간은 '자기가 보는 세계보다 증폭된 현실'을 살기 때문이다. 어떤 사람의 싫은 면을 보면 그 싫어하는 면이 현실에서 증폭되어 나타나고, 반대로 좋은 면을 보면 그것이 현실에서 증폭되어 나타난다. 그렇다면 우리가 살아가는 데 백마술이 훨씬 더 이롭다고 생각하지 않는가?

실제로 백마술을 걸 요량으로 주변을 돌아보면 주변 사람들이 자신에게 얼마나 잘해주었는지 깨달을 수 있을 것이다. 그런 멋진 사실을 깨닫기만 해도 인생은 훨씬 행복해질 수 있다.

　이 책은 내 주변 3미터 안에 있는 사람들을 행복하게 해줌으로써 나 역시 행복한 삶을 살 수 있게 되었다는 나의 실제 경험을 담고 있다. 자신에게 가장 중요한 사람, 자신이 진심으로 소중히 하고 행복하게 해주고 싶은 사람들이 3미터 안에 있다. 행복의 모습은 여러 가지가 있지만, 그중 분명한 한 가지는 소중한 사람들과 함께 웃는 것이다.

　그런데 '행복하게 해준다'는 것에는 함정도 있다. 그 함정에 대해서는 차차 설명하기로 하고, 우선은 함정에 빠지지 않을 팁을 공개하겠다. 나라는 존재도 누군가를 기쁘게 해줄 수 있다는 것, 소중한 사람을 행복하게 하는 것이 바로 나 자신의 행복이 된다는 것, 이미 나는 주변 사람들에게 얼마나 행복을 받았는지를 깨닫는 것이다.

　그럼 이제부터 당신의 3미터 안을 행복하게 하는 방법에 대해 설명하겠다. 이 책이 여러분과 여러분의 소중한 사람들이 웃는 데 도움을 줄 수 있다면 저자로서 그보다 행복한 일은 없을 것이다.

소중한 사람을
웃게 하기로
했다

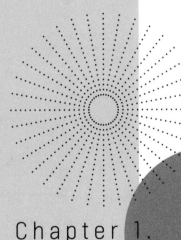

Chapter 1.

반경 30미터를
행복으로
채운다

행복에는 여러 가지 형태가 있고 그걸 느끼는 방법도 저마다 다르다. 다만 궁극적으로 행복의 모습을 그려본다면, 그건 자신의 주변이 웃음으로 가득 차는 것 아닐까.

돈이 많더라도 혼자라면 외롭다. 사람들이 주변에 가득해도 함께 웃을 수 없다면 행복하다고 느끼지 못할 것이다. 어떤 행복의 형태도 거기에 웃음이 없으면 불완전하다. 그래서 '소중한 사람을 행복하게 한다'는 건 곧 '소중한 사람을 웃게 하는 것'이라고 해도 과언이 아니다.

행복은 아무리 나누어도 줄지 않는다. 오히려 나눌수록 행복은 늘어나기만 한다. 누군가로 인해 행복해지는 것은 물론, 누군가를 행복하게 해주면 나도 행복해진다. 가령 처음 느낀 행복이 1이라고 하면 소중한 사람을 행복하게 해줌으로써 5로, 10으로 늘어난다. 이렇게 해서 이 세상의 '행복 총량'이 늘어나는 것이다.

유튜브에서 이런 실험 영상을 본 적이 있다. 장소는 미국의 대도시(아마도 뉴욕), 핫도그를 파는 수레에 손님이 줄지어 방문한다. 핫도그 점원이 "Good morning, have a good day!"라고 웃으며 인사하면, 손님도 덩달아 웃는다. 그러면 그 손님도 다음에 만난 사람에게 웃으며 대하게 되고 그도 덩달아 웃게 된다. 이렇게 웃음이 연쇄적으로 퍼진 결과, 핫도그 점원에게서 시작된 웃음은 몇 백 명에게 영향력을 미치게 되는 것이다.

웃음은 아무리 나눠도 줄지 않는다. 아니 그러기는커녕 점점 늘어난다. '행복이 곧 웃음'이라고 한다면, 세상에 떠도는 행복의 총량은 점점 늘어날 것이다.

그런 웃음의 연쇄작용은 비단 여기에만 해당되는 말이 아니다. 가령 아름다운 경치를 보고 "아름답다"고 말하면 상대도 "아름답네" 하고 같이 웃게 된다. 경치는 아무리 봐도 닳지 않으니, 나누면 더욱 더 행복감을 늘릴 수 있다. 누가 만들어준 요리를 먹으며 "맛있어"라고 말하면 만들어준 사람도 "다행이야" 하고 웃는다. 그러면 행복감은 더욱 더 늘어난다.

시점을 조금 바꿔 생각해보자. 어떤 경우에는 사람들을 서로 소개해줌으로써 웃게 될 수도 있다. 소중한 사람에게 또 다른 소중한 사람을 소개했는데 서로 성격이 찰떡같이 잘 맞는다면, 소개하길 잘했다며 나도 웃게 되고 소개받은 사람들도 소개받길 잘했다며 웃을 것이다.

개중에는 인맥을 혼자만 알고 있으려는 사람도 있다. 하지만 소중한 사람들을 연결하면 좋아하는 사람들의 '웃음 띠'가 점점 넓어진다. 행복은 나누면 나눌수록 늘어나니까. 스스로 웃음의 연쇄작용을 일으키면 일으킬수록 자기 주변이 행복으로 가득 차게 되는 것이다.

당신의 반경 3미터에는
누가 있는가?

스스로 나서서 주변을 웃게 해준다니, 참 멋진 일이다. 그러면 누구를 웃게 할까? 잠시 생각해보라. 당신이 행복하게 해주고 싶은 소중한 사람, 당신의 마음속 반경 3미터에는 누가 있는가?

사람들의 고민은 대부분 인간관계에서 비롯된다. 사람들의 기쁨 역시 인간관계에서 온다. 관계만큼 기쁨과 괴로움, 양쪽 모두의 원천이 되는 것도 없다. 그러니 내 마음의 반경 3미터에 누가 있는지 한 번쯤 생각해봤으면 한다. 부모님, 배우자, 아이들, 친구들, 동료들, 나아가서는 이미 이 세상에 없는 소중한 사람까지…. 여러 얼굴이 떠오를 것이다.

여기서 중요한 점은 솔직해지자는 것이다. 많은 사람이 '행복하게 해주고 싶다'와 '행복하게 해줘야 한다'를 쉬이 혼동하기 때문이다. 세상 사람들의 시선을 의식하면서 도덕과 윤리에 따른 '~해야 한다'는 생각을 버리고,

진정으로 행복하게 해주고 싶은 사람이 누구인지를 생각해보자. 그러면 당신의 반경 3미터에 있는 사람들이 명확하게 보일 것이다.

그래도 잘 떠오르지 않는다는 사람도 있을지 모른다. 그런 사람은 아마 가장 중요한 것을 간과하고 있을 것이다. 누구보다 스스로에게 중요한 사람, 바로 자기 자신이다. 자신의 반경 3미터, 그 중심에는 자기 자신이 있다.

자신을 가장 먼저 만족시킬 것. 스스로 만족스러운 상태에서는 진심으로 소중히 하고 싶은 사람이 명확하게 보인다. 그러한 상태라야 비로소 소중한 사람을 행복하게 해줄 수도 있다. 스스로 만족스러운 상태가 아니면 다른 사람을 행복하게 해준다는 것이 곧 '자기희생'이 되기 때문이다. 그런 희생이라고 생각되면 백이면 백, 보상을 바라게 된다.

"내가 그렇게 다 해줬는데 나한테 이 정도는 해줘야지."

"내가 그렇게 많이 도와줬는데 돌아오는 게 하나도 없다니 너무해."

　이렇게 되면 웃음의 연쇄작용이고 뭐고 아무것도 일어나지 않는다.

　다른 사람을 행복하게 한다는 것에는 바로 이런 함정이 숨어 있다. 자기희생 의식을 갖고 행동하면 보상을 바라게 되고, 결국 모두가 웃음을 잃게 된다는 것이다. 그 함정에 빠지지 않기 위해서는 먼저 자신을 채우는 일이 가장 중요하다.

　제일 먼저 행복하게 해줘야 할 사람은 다름 아닌 바로 나 자신이다. 나조차 채워지지 않은 상태에서 자신을 희생하며 남을 행복하게 해주라는 게 아니다. 먼저 자신이 충족되면 컵에 가득 담긴 물처럼 자신의 그릇 안에 찰랑찰랑 넘쳐흐르는 행복을 나눠줄 수 있다는 말이다. 이때의 '나'는 가득 채워졌기 때문에 자기희생 의식이 생기지 않아서 보상도 필요 없다. 웃음의 연쇄작용은 이렇게 생겨난다.

'현명하게
자기중심적인 사람'이 되자

인간은 자신이 기쁠 때보다 소중한 사람이 기뻐하는 모습을 보며 더 깊은 행복을 느낀다. 10만 원으로 내가 갖고 싶은 것을 산다고 치자. 이 또한 행복이다. 하지만 같은 돈으로 소중한 사람을 위한 선물을 산다면? 저마다 다를지 모르지만, 아마 후자가 자신에게도 더 큰 기쁨을 주지 않을까.

하지만 자기 자신이 행복하지 못한 상태라면 다른 사람을 기쁘게 해주고 싶어도 금세 지치게 된다. 당장 내일의 끼니 걱정을 하고 있다면, 아무리 소중한 사람이 있어도 천 원 한 장 쓰기 힘들 것이다.

나의 은사이자 일본 제일의 개인투자가로 불리던 다케다 와헤이 씨는 자신과 생일이 같은 사람에게 순금메달을 선물하곤 했다. 선물을 준 이들에게 감사 편지를 받고 뭐라 형용할 수 없는 행복한 얼굴로 편지를 읽던 와헤이 씨의 얼굴을 지금도 잊을 수가 없다.

"부럽다…. 나도 저렇게 멋진 사람이 되고 싶어!"

어리고 단순했던 나는 조금이라도 와헤이 씨를 닮고 싶어 친구들과 함께 펀드를 만들기로 했다. 뜻이 맞는 사람들끼리 돈을 모아 생일을 맞은 사람에게 금화를 선물하기로 한 것이다. 내가 가진 돈만으로는 부족하니 친구들과 함께하면 괜찮겠지 하고 생각했다. 이걸 말씀드리면 기특해하시지 않을까 하는 기대를 갖고 와헤이 씨에게 우리의 계획을 전했다. 하지만 인정받기는커녕 꾸지람만 들었다.

"그런 건 자네가 더 부자가 되고 나서 해."

와헤이 씨는 장장 4시간에 걸쳐 조언을 하셨다. 처음엔 돈하고만 관련된 얘기인 줄 알았지만 듣고 보니 더 심오한 얘기였다.

'다른 사람에게 뭔가 나눠주려면 자기 자신을 꽉 채워두는 게 먼저다. 자신은 아직 그럴 그릇이 아닌데 무리해서 꺼내주려고 하면 탈이 날 수밖에 없다.'

나는 나 자신이 얼마나 얄팍한지를 깨달은 동시에, 남한테 베풀기 전에 스스로를 채우는 것이 얼마나 중요한

지도 배웠다. 경제적으로는 물론이고 한 인간으로서도. 애초에 '와헤이 씨에게 인정받아야지'라고 생각한 데서 이미 목적이 빗나갔다는 사실도 깨달았다.

행복하게 감사 편지를 읽는 와헤이 씨를 보고 그저 나도 닮고 싶다는 생각에서였는데, 어느새 '인정받기 위해서'가 목적이 되고 말았다. 나는 이미 순수하게 베풀 만한 그릇이 아니었던 것이다.

남에게 베풀어서 인정받고 싶다, 나를 희생한 것에 대한 보상을 받고 싶다, 라는 것은 내가 충분히 채워지지 않아서 그런 것이다. 나 자신이 충분히 채워지지 않은 상태에서 다른 사람을 행복하게 하려고 하니 욕구불만이 쌓이고 그걸 상대방에게 터트리게 되는 것이다.

가장 이상적인 상태는 '상대를 행복하게 해주는 것 자체가 나에게도 행복이야. 나머지는 어떻게 되든 상관없어. 보상이니 인정이니 그런 걸 구할 필요도 없지. 다른 사람이 행복한 모습을 보는 것만으로도 행복할 수 있어'라고 느끼는 것이다.

즉 주변 사람이 행복해져야 나 자신도 행복해진다는

말이다. 바꿔 말하면 나 자신이 행복해지고 싶어서 주변 사람을 웃게 만든다는 뜻도 된다. 그러기 위해서는 스스로 뭘 하면 기쁜지를 알아두는 것도 중요하다. 그런 사람이야말로 '현명하게 자기중심적인 사람'이 아닐까.

내 주변이 좋아하는 사람들로만 가득해진다면

이렇게 '현명하게 자기중심적인 사람'이 되면, 거기서 더 좋은 일이 일어난다. 내 주변이 내가 좋아하는 사람들로만 채워지는 것이다. 지금의 내가 그러하듯이 말이다.

과거에 나는 비뚤어졌던 시절이 있었다. 그런데 여러 계기로 사람들과의 만남을 통해 스스로를 돌아보고 다른 사람을 챙기기 시작했더니 내가 더 행복해졌다. 그리고 어느 순간, 정신을 차리고 돌아보니 주변이 좋아하는 사람들로만 가득해졌다…!

그러자 점점 더 선순환이 일어났다. 좋아하는 사람들

로만 이루어진 띠는 멋진 사람을 알게 될 때마다 점점 더 넓어졌고, 행복의 순도도 높아졌다. 상황이 이쯤 되니 일상에서 불쾌한 일이 생길 여지가 거의 없었다.

물론 나도 인간이라서 별거 아닌 일에 의기소침해지거나, 욱하고 화가 날 때도 있다. 하지만 지금은 금세 기분을 회복할 수 있게 되었다.

"고이치, '끌어당김의 법칙'이라는 게 있지 않나. 이것도 갖고 싶고, 저것도 갖고 싶다고 끌어당기기만 하면 주변에 탐욕스러운 사람들만 모이게 되지. 그러면 자네 주변이 온통 욕망으로 가득해져서 마음이 불편해져. 하지만 누군가를 기쁘게 해주고 싶다, 사람들에게 좋은 영향력을 끼치고 싶다, 그런 생각을 해봐. 그러면 주위에 비슷한 사람들이 모여들게 되고 인생이 즐거워질 게야."

와헤이 씨가 한 말이다. 나는 아직 그의 경지에 발끝도 미치지 못한다. 그러나 그의 말처럼 나를 조금씩 바꾸는 동안 주변은 내가 좋아하는 사람들로 가득 채워졌고 인생이 즐거워졌다. 그런 면에서는 와헤이 씨가 한 말에 좀 더 가까워졌을지도 모른다고 생각한다.

모두가 행복해지는
유유상종 효과

당신의 반경 3미터 안에 들어가도 되는 사람은 당신이 정말로 소중히 여기는, 행복하게 만들어주고 싶은 사람들뿐이다. 같이 있으면 왠지 불편한 사람, 싫은 사람은 넣지 않아도 된다. 아니, 자신과 주변의 행복을 위한다면 넣어줘서는 안 된다.

이렇게 정말 소중히 하고 싶은 사람을 잘 대하면 유유상종 효과가 일어난다. 유유상종 효과란 '서로 소중히 여기는 사람들끼리 끌어당기는 힘'을 말한다. 마치 신기한 힘이 작동해서 추려내듯이 주변 사람을 소중히 하지 않는 사람은 가까이 다가오지 않는다.

단호히 말하자면, 인간관계에 대한 가치관이 비슷한 사람끼리 모인다고 할 수 있다. 그리고 이렇게 모인 사이에서는 문제가 발생하는 일이 거의 없다. 자기 자신에게 불만이 없고 자존감이 형성된 상태에서 다른 사람에게 기쁨을 나눠주는 것에 행복을 느끼기 때문에, 굳이 다른 사람에게 하지 않아도 될 지적을 해서 우월감을 느끼거나 '나 어때, 굉장하지!'라고 잘난 척하다 문제의 불씨가 되는 일도 만들지 않는다.

가까운 이들에게서 행복을 느끼는 사람일수록 인간관계로 인한 문제가 잘 일어나지 않는다. 가까운 사람을 소중히 하지 않는 사람들은 습관적으로 불만과 고민만 늘어놓기 십상인데, 그런 일도 잘 일어나지 않는다. 만나면 늘 기분이 좋아지기 때문이다. 주변에 서로 공감할 수 있는 사람들이 있다면, 일상의 행복은 쉽게 찾아오지 않을까?

또 이렇게 유유상종 효과가 작용하면 신기하게도 처음엔 멀게 느껴졌던 사람, 같이 있으면 불편한 사람, 불쾌하게 느껴지는 사람까지 좋은 사람으로 변하기 시작한다. 싫어하는 사람이 싫어하는 짓을 하지 않는다니…. 납득하기 어려울지 모르지만, 그건 나 자신이 변했기 때문에 가능한 일이다. 내가 긍정적으로 바뀌면 상대방도 자연스레 감화되고, 결국에는 내 주변에 싫은 사람이 서서히 사라진다.

어떤가? 자신을 포함해 반경 3미터 안의 사람들을 웃음으로 대하고 그들의 마음을 채워주면 좋은 일만 일어난다니. 그러면 이제부터 '행복=웃음'이라는 기적과도 같은 연쇄작용을 일으키는 방법을 설명하겠다.

행복이란
무엇으로
정해지는가?

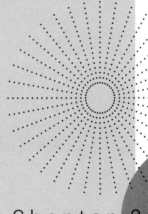

Chapter 2.

기회는 전부
사람을 통해
찾아온다

인간은 누구나 다른 사람의 힘을 빌리며 산다. 애초에 태어나는 것조차 자기 혼자서는 할 수 없거니와 무수한 사람들의 도움을 받아야 생명을 유지할 수 있다. 기회도 그러하다. 모든 기회가 사람들을 통해 찾아온다는 말은 결코 과장된 말이 아니다.

아주 당연한 이야기지만 의외로 간과하기 쉽다. 특히 열심히 사는 사람일수록 자기 혼자 노력하고 자기 혼자

기회를 잡았다고 생각하기 쉽다. 물론 최종적으로는 자신이 노력하지 않았다면 기회를 살리지 못한다. 하지만 그 기회가 어디서 왔는지 되짚어보면 반드시 누군가의 도움이 개입되어 있을 것이다.

나도 지금까지 주변 사람들로부터 얼마나 많은 기회를 얻었는지 모른다. 와헤이 씨와 만나 500여 일 넘게 침식을 같이 하며 리더십 수업을 받을 수 있었던 것도 나보다 와헤이 씨와 좀 더 먼저 알고 지내던 출판 프로듀서 야마모토 도키오미 씨가 연결해준 덕분이다.

이 책을 쓰게 된 계기도 오래 알고 지낸 나가마쓰 시게히사 씨가 "고이치, 새 책 써보지 않을래? 내가 출판사 소개해줄게" 하고 도와준 덕분이었다. 이는 그저 하나의 예에 지나지 않으며 내 인생에는 이런 일들이 헤아릴 수 없이 많다. 아니, 이런 일밖에 없다고 해도 과언이 아니다.

여러분도 "그때 그 기회를 잡아 다행이었어"라는 일들을 떠올려보라. 그리고 그 기회가 누구를 통해 날아들었는지, 그 기회가 찾아온 길을 되짚어보라. "그 사람 덕이구나"하고 어떤 사람의 얼굴이 떠오를 것이다.

이런 인연의 고마움을 잊지 않고 소중히 여기는 사람일수록 크게 성공한다. 개인적으로 친하게 지내는 친구나 일터에서 함께 일하는 동료들을 봐도 그러하다. 기회는 전부 사람을 통해 찾아온다.

인생의 내리막길에서 다시 올라서는 이들의 공통점

나는 한때 거액의 부채를 지고 있던 아버지 회사의 재건을 도왔다. 골프장 회원권을 매매하는 것이 주요 사업이었다. 값비싼 상품이다 보니 기업 경영자들이 고객의 대부분을 차지했다. 그중엔 사업이 부진에 빠지며 자금이 필요해서 회원권을 내놓는 고객들도 있었다.

덕분에 나는 20대 중반부터 후반까지 여러 사람들의 인생 고락을 숱하게 목격했다. 그런데 똑같이 인생의 내리막길을 탄 사람이라도 3년 후에는 다시 멋지게 일어난 사람, 3년 후에도 일어서지 못하는 사람이 있었다. 그 차이는 어디서 생겨나는 걸까? 나는 그러한 궁금증이 생겨 관찰해보았다. 보란 듯이 재기한 사람들은 두 가지 공통점이 있었다.

첫 번째는 '덕분에'라는 사고를 가지고 있다는 점이다. 가령 상황이 나빠져 주변 사람들이 좌절과 실패를 수습해줄 때 '미안하다' '볼 면목이 없다'라는 죄책감보다는 '그 사람 덕이야' '고맙다'라고 감사한 마음을 느끼는 사람이 더 빠르게 일어서는 것 같다. 두 번째는 가족과 직원 등 주변 사람을 소중히 여긴다는 점이다.

이러한 점들이 눈에 보이니 자금을 융통하기 위해 회원권을 팔려고 내놓은 사람이 3년 후에 어떻게 될지 왠지 모르게 상상이 됐다. 감사한 마음을 잊지 않고 주변 사람을 소중히 여기면 신기하게도 어딘가에서 도움의 손길을 내민다. 비록 잠시 인생의 내리막길을 걷는다 해도 누군가를 통해 다시 일어설 기회를 얻을 수 있다.

나는 20대 중반에 그러한 사실을 깨달을 수 있어 운

이 좋았다고 생각한다. 아버지가 만든 거액의 부채를 다 갚고 연매출 20억 엔이 넘을 정도로 사업을 다시 일으켜 세운 나는 마찬가지로 20대에 성공한 경영자들과 어울리게 되었다. 그 친구들 사이에서는 가령 누군가가 외제차를 사면 자기도 따라 사는 게 일상다반사였다. 하지만 나는 사업을 하는 동안 10년이고 20년이고 먼저 걸어간 인생 선배들을 보면서 그런 들뜬 분위기에 크게 휩쓸리지 않을 수 있었다.

주변 사람을 소중히 여기면 반드시 기회가 온다

페라리 세 대를 보유한 사장이 골프 회원권을 구입하겠다고 찾아오면 나도 모르게 '우와 멋지다! 나도 저렇게 되고 싶어!'라는 생각이 들곤 했다. 그런데 막상 매매 계약서를 교환한 회사를 방문해보면 그 사장이 직원을 함부로 대하거나 사장실이 지나치게 호화로웠다. 그런 사장은 반드시 몇 년 지나지 않아 사업에 실패하거나 사장의 자리에서 물러난다. 그런 모습을 지켜보면 '안 돼, 괜히 건방 떨고 다니다간 나도 언제 나락으로 떨어질지 몰라'라고 스스로를 단속하게 되는 것이다.

반대로 소탈하고 겸손한 태도를 유지하는 사장은 직원들에게도 존경받는다. 회사에서 아랫사람이 배신하거나 들고 일어났다는 소문도 들은 적이 없다. 사장실을 따로 만들지 않고 신입사원 옆자리에 자리를 마련한 사장도 있었다. "신입사원은 이 중에 가장 순수한 에너지를 가졌으니 그 기운을 얻을 수 있다오"라고 웃어 보였다. 자신과 직원 사이의 벽을 허물어뜨림으로써 직원들에게 존경받고 사랑받고 있다는 것을 피부로 느낄 수 있었다.

주변 사람을 소중히 여기지 않으면 잠깐의 성공은 손에 넣을 수 있을지 몰라도 결국은 행복해지지 못한다. 하지만 주변 사람을 소중히 대하면 그것만으로도 행복해지고, 설령 역경에 처한다 해도 누군가가 새로운 행복을 베풀어줄 것이다. 이것은 내가 배운 최고의 인생 공부였다.

모두에게
사랑받을 필요는 없다

아무리 애를 써도 함께 있으면 불편하고 어색한 사람, 싫
은 사람이 있기 마련이다. 왜? 인간이기 때문이다. 어른
이 되고 나서 좋았던 점은 마음만 먹으면 함께 어울리는
사람을 스스로 선택할 수 있다는 점이었다. 회사라는 조
직에 속해 있어도 몇 학년 몇 반이니 하며 학교에 얽매여
있을 때보다는 인간관계에 있어 훨씬 자유롭다. 여러 사
람과 어울리는 걸 즐기지 않는 사람이라면, 굳이 누구에

게나 사랑받으려 애쓰지 않아도 된다는 말이다.

이게 당연한 이치로 들릴지 모르지만 막상 그렇게 하지 못하는 사람이 많다. 그렇지 않은가? 어쩌면 "친구들을 휘어잡는 골목대장은 시켜줘도 하고 싶지 않지만, 친구들과 사이좋게 지내지 않으면 걔들이 내 적이 될지도 몰라…" 하는 두려움이 어른이 된 지금까지 여전히 자리 잡고 있는 건지 모른다.

그 누구에게라도 미움을 받으면 견디지 못하는 사람이 있다. 하지만 이것은 결국 자신을 소중히 여기지 않는다는 증거다. 내게 소중한 사람에게 애정을 쏟고, 더 웃으며 지내기 위해서라도 싫어하는 사람이나 불편한 사람은 이제 과감히 상대하지 않겠다고 결심하자.

나도 전에는 별로 가고 싶지 않은 모임에 얼굴을 내밀곤 했다. 하지만 이제는 단호하게 "미안, 관심이 없어서 안 가기로 했어"라고 말한다. 그럴 때 무심코 "다른 약속이 있어서"라거나 "집에 급한 일이 생겨서"라고 얼버무리기 쉬운데, 그런 거짓말을 하지 않는 것도 중요하다.

거짓말을 한다는 것은 거절에 대한 죄책감을 느낀다

는 뜻이다. 즉 거절하는 자신에게 오케이 사인을 내지 못
하고 거짓말을 함으로써 자기 자신을 괴롭힌다는 말이
다. 게다가 이렇게 죄책감을 느끼면서 어렵사리 거절해
도, 그렇듯 내키지 않는 초대는 그치지 않는다. 가고 싶
은데 어쩔 수 없는 사정이 있다고 괜히 둘러대면 번번이
거절을 하느라 진땀을 뺄 수밖에 없다.

거절하는 데 용기가 필요한 건 맨 처음뿐이다. 익숙해
지면 별일도 아니다. 거절함으로써 상대에게 미움을 받
을지도 모른다. 하지만 함께 있으면 불편한 사람에게 미
움을 받아봤자 무슨 상관이란 말인가. 그보다 정말로 소
중한 내 사람들을 위해 귀중한 마음과 시간을 쓰는 것이
훨씬 중요하다.

자기 안에 '집사'를 들이자

그렇지만 거절할 용기가 나지 않아 고민이라는 사람이
많을 것이다. 그래서 추천한다. 여러분 마음속에 '집사

(butler)'를 들이는 것이다.

록스타 야자와 에이키치는 방송국 프로듀서에게 내키지 않는 제안을 받을 때면 "나는 괜찮지만 야자와는 어떨지?" 하고 거절한다는 이야기를 들은 적이 있다. 야자와 에이키치는 한 명이지만 자기 안에는 '꾸미지 않은 순수한 나'와 '세계적인 록스타 야자와'라는 두 사람이 있는 것이다.

이런 방법을 여러분도 적용해보면 어떨까? 자기 안에 '집사로서의 나'와 '주인으로서의 나'를 만들어보는 것이다. 어떤 상황에 맞닥뜨렸을 때 "집사인 나는 상관없지만 주인님인 나는 뭐라고 할까?"라고 자문자답해보는 것이다. 가령 "주인님, 이러이러한 제안이 왔는데 별로 내키지 않을 듯하니 거절하겠습니다"라는 식으로 말이다. 물론 실제로는 결정한 것도, 거절한 것도 나 자신이다. 그래도 '내 안에 있는 집사와 대화한다'고 가정해보면 단호하게 거절할 용기가 생기게 될지 모른다.

도움을 베풀면
나에게 돌아온다는
깨달음

뭔가를 하고 싶어도 다른 사람의 도움 없이는 아무것도 하지 못할 때가 있다. 그걸 내가 처음으로 몸소 체험한 것은 호주를 여행하던 때였다.

맨 처음에는 '자전거로 호주 대륙을 일주해보자!'라는, 지금 생각해보면 그저 무모한 계획이었다. 55일에 걸쳐 호주를 횡단하기로 계획했지만 결국 좌절하게 된다. 일본과 같은 섬나라라고 생각했던 호주는 막상 가보고서야 "그래, 대륙이었구나!"라는 사실을 절실히 깨닫고 결국 자전거 대신 자동차를 탈 수밖에 없었다.

여행 도중에는 며칠씩 걸려야 겨우 빠져나올 수 있는 광대한 사막도 건넜다. 그때는 인터넷도 휴대전화도 없던 시절이라, 사막에서 살아남으려면 숙소에 비치되어 있는 '비지터북(visitor book)'을 보는 수밖에 없었다. 숙소를 이용하는 여행객들은 비지터북에 자기가 지금까지 지나온 길에 어떤 위험이 있었는지, 어디서 물을 확보할 수 있는지 등 유용한 정보들을 적어 놓았다. 자신이 가려는 장소를 이미 갔다 온 사람이 적어놓은 글을 보면 실질적으로 큰 도움을 얻을 수 있었다.

사막의 상황은 시시각각 변한다. 오래 전 출간된 책의 정보만으로는 그 상황에 일일이 대처하기 힘들다. 그렇기에 '바로 며칠 전 어디어디를 어떻게 지나왔어!'라는 생생한 목소리가 가장 안전한 생명줄이 되는 것이다. '이맘때는 그곳에 있는 물탱크에 물이 거의 말라 있으니 무거워도 숙소에서 물을 많이 챙겨가는 것이 좋다' '그 강에는 요즘 악어가 많이 나오니까 텐트는 무슨 일이 있어도 강에서 멀리 떨어진 곳에 치도록' '텐트에서 잘 때는 반드시 신발을 텐트 안에 들여놓을 것! 기온이 내려가는 밤에 전갈이 신발 속에 들어가 있을 수 있으니까' 등 그야말로 생사에 관한 정보가 수두룩하다.

호주에서는 이렇게 서로 돕는 걸 '마이트십(mate ship)'이라고 한다. 영미에서는 '메이트'라고 발음하겠지만 호주에서는 '마이트'라고 한다. 'mate'는 '친구', 'ship'은 '관계'라는 뜻이니 '친구끼리 서로 돕자'라는 정신이 담긴 말이다. 이것은 분명 그들의 뿌리, 개척시대로부터 내려온 정신일 것이다.

도움 받는 행복과 도와주는 기쁨

호주의 원주민 에보리진에게는 '송라인(songlines)'이라는 멋진 관습이 있다고 한다. 그것은 성인이 되기 위해 거쳐야 하는 의식으로, 부족을 벗어나 홀로 여행을 떠나는 것이다. 지도조차 없는 혼자만의 여행. 그 가혹한 여정을 앞둔 젊은이에게 지혜를 가진 부족의 장로가 이런 노래를 가르쳐준다. "이만큼 걸으면 거기에는 강이 나오고 강을 건너면 산이 펼쳐지고…" 긴 여정을 줄줄이 설명해봤자 금세 잊기 쉬우므로 멜로디를 붙여서 노래로 전하는 것이라 한다. 소중한 사람에 대한, 너무나도 멋진 관습이다.

나 혼자 훌쩍 떠났던 호주 여행은 비록 자전거로 일주한다는 계획은 좌절됐지만 정말로 많은 걸 배울 수 있던 여행이었다. 일면식도 없는 사람들이 남겨준 정보에 기대어 사막을 건넜고 나 또한 체험을 통해 얻은 갖가지 정보를 비지터북에 적어놓았다. 그러면서 '다른 사람을 도우면 이렇게 순수한 기쁨이 느껴지는구나'라는 생각이 들었다.

다른 사람의 힘에 기대지 않으면 한 발짝도 나아가지 못할 때가 있다. 그럴 때 다른 사람의 도움을 받아 힘을 얻으면, 반대로 내가 즐거운 마음으로 누군가를 도울 수 있게 된다. 그러한 실감을 하게 된 것이 내게는 그 무엇과도 바꿀 수 없는 값진 경험이었다.

의지할 수 있는 것도
용기다

'뭔가를 하고 싶어도 다른 사람의 도움 없이는 아무것도
할 수 없다.'

　이러한 생각이 바탕이 되면, 자신이 못하는 일이 생겨
도 크게 두렵지 않게 된다. 쓸데없는 자존심을 부리지 않
고 다른 사람에게 기꺼이 도움을 청할 수 있기 때문이다.

　이것을 불교에서는 '타력본원(他力本願)'이라고 한다. 나
는 모두가 '남의 힘(타력)'에 서로 의존할 수 있어야 세상

이 더 행복해지리라 생각한다. 왜냐하면 좋아하는 것과 싫어하는 것, 잘하는 것과 못하는 것은 저마다 다르기 때문이다. 어떤 사람이 잘 못하는 걸 어떤 사람은 잘한다. 그런 점들이 서로 퍼즐처럼 빈틈없이 짜 맞춰지면, 못하는 걸 애써 하지 않아도 되고, 잘하는 걸로 자신의 소질을 충분히 발휘할 수 있으리라 생각한다.

그런 멋진 타력본원의 연대를 내 주변에 만들기 위해서는 무엇보다 자신의 못난 부분도 드러낼 수 있어야 한다. 잘하지 못하면서 무리해서 '할 수 있어'라고 버티지 말고 '누군가 좀 도와줘'라고 손을 내미는 용기가 필요하다는 말이다.

지인에게 이런 이야기를 했더니 "듣고 보니 생각나는 사람이 있어"라며 다음과 같은 일화를 들려주었다. 그 지인의 동급생 A의 이야기였다.

A는 늘 돌발적으로 아이디어를 떠올리는 친구였다고 한다. 어느 날 A는 "우리 이런 사업 한번 해보지 않을래?"라며 친하게 지내는 친구들에게 이야기를 꺼냈다. 그들도 모두 "좋아!"라고 동조했고, 제일 먼저 말을 꺼낸 A가

중심이 되어 계획을 진행하게 되었다. 그렇지만 A가 각 방면에 필요한 걸 준비하기에는 무리가 따랐다. 처음엔 "그래도 내가 먼저 말을 꺼냈으니…" 하고 혼자 애를 썼지만 결국 과부하가 걸려 머리가 터지기 직전에야 털어놓았다.

"전부 내가 떠맡다 보니 감당이 안 돼. 미안. 나는 이제 포기야."

이 이야기를 듣고 모두들 깜짝 놀랐다.

"왜 진작 말하지 않았어? 그러면 이건 내가 할게."

"난 그럼 이걸 맡을게."

이렇게 해서 지체 없이 역할분담이 되고 계획은 멋지게 실현될 수 있었다. 자신이 낸 아이디어가 실현된 A도 뿌듯해졌고, A의 재미난 아이디어에 힘을 보탠 친구들도 기뻐했다. 그리고 그 결과 모두가 웃게 되었다.

나의 약점은 상대가
보완해줄 수 있다

이 이야기를 들은 나는 "흐뭇한 얘기네"라는 생각이 든 동시에 "역시 그렇구나" 하고 납득했다. 많은 사람이 '내가 잘 못하는 건 다른 사람도 못할 것'이라고 착각한다는 점에서 말이다.

A는 맨 처음 방법을 고안해내거나 그에 필요한 것들을 찾는 데 서툴렀다. 그런데 왜 그걸 솔직히 털어놓지 못한 걸까. 내가 일단 말을 꺼냈으니까, 하고 책임감을 느꼈기 때문이다. 또 자기가 해내지 못한다는 사실이 견딜 수 없었기 때문이기도 하다. 또 하나, 자신이 맡은 일을 다른 사람들에게 떠맡기는 건 바람직하지 않다고 생각했을 것이다. 즉, 내가 잘 못하는 일은 다른 사람들 역시 잘 못할 테니 그 일을 자기가 도맡아 하면 분명히 모두가 기뻐할 것이라 생각한 것이다.

당시 A는 친구들 중에 설마 그 일을 잘해낼 사람이 있으리라고는 생각지도 못했다. 그래서 솔직하게 "너희가 대신 해볼래?"라고 말하지 못한 것이다. 하지만 과감히 "난 못해"라고 포기 의사를 밝히자 A가 하지 못하는 것과 다른 친구들이 잘하는 것이 퍼즐처럼 딱 맞게 되었다. 지금은 A가 먼저 생각해낸 아이디어를, 모두가 머리를 맞대 일을 진행하는 흐름이 생겼다고 한다. A는 자신의 약점을 공개적으로 드러냄으로써 이전보다 한층 더 서로를 깊이 이해하고 발전하는 관계를 맺을 수 있었던 것이다.

뭔가를 하고 싶다고 생각해낸 건 자기 자신이지만, 그것을 실제로 가능하게 만들려면 다른 사람의 힘이 필요하다. 이때 타력에 기대는 이유는 먼저 나 자신을 위해서다. 하지만 주변 사람들이 자신의 능력을 발휘할 수 있는 기회가 생긴다는 점에서는 그 사람들을 위해서라고 말해도 좋을 것이다. 마음속으로 이러한 이치를 알고 타력에 기대면 주변 사람에게 감사한 마음이 절로 솟아난다. 그런 마음이 흘러넘치면 나부터 주변 사람들을 위해 뭔가를 하고 싶어진다.

이렇듯 소중한 사람을 웃게 하는 토대가 되는 것은 '정말 고마운 사람들이야'라며 감사하는 마음을 갖는 것이다. 타력에 기대어 감사할 기회를 늘려야 그런 토대를 만들 수 있다.

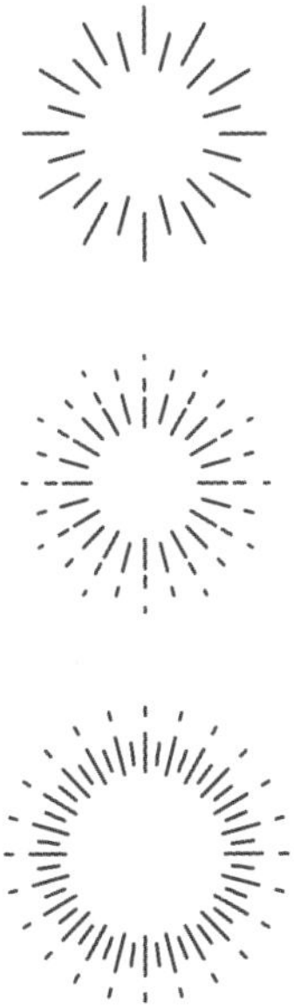

먼저 나부터
바꾼다

Chapter 3.

자신의
존재 자체를
긍정할 것

다른 사람을 행복하게 해주고 싶으면 먼저 자신부터 채우는 게 중요하다고 앞에서 잠깐 언급했다. '자신을 채운다'는 것에 대해 다시 자세히 설명하고자 한다. 특히 일본인에게 흔히 보이는 경향인지 모르지만, 자신의 부족한 면에 주목해 계속해서 스스로를 탓하는 사람이 많이 보인다.

여러분은 혹시 대단한 사람이 되어야만 주변에서 인

정받을 수 있다고 생각하고 있지 않은가? 일을 엄청나게 잘한다거나 엄청난 부자라거나, 그런 식의 '조건'이 없으면 인정받을 수 없다고 생각하고 있지 않은가? 그리고 그렇지 못한 나는 얼마나 한심한가 하고 생각하고 있지 않은가?

하지만 그것은 아주 큰 착각이다. 나는 무엇을 할 수 있을까? 다른 사람을 위해 어떤 가치 있는 일을 할 수 있을까? 주변 사람에게 인정받는다는 건 그런 게 아니다. 소중한 사람을 웃게 한다는 것 또한 그런 게 아니다. 대단한 일을 하지 못해도, 돈이 많이 없어도 누구나 인정받을 수 있고 소중한 사람을 행복하게 해줄 수 있다.

뭔가 대단한 인물이 될 필요는 없다. 지금 이대로도 충분히 대단하고 멋진 존재니까 말이다. 자신이라는 존재 자체만으로 소중한 사람을 웃게 할 수 있다고 생각해보라. 그러면 자신의 내면이 충만해진다. 딱히 대단한 사람이 되지 않아도 되는구나 하고 안심할 수 있다.

그렇게 자신의 내면이 충만해지면 공포와 불안이 사라진다. 대단한 사람이 되지 않아도 어려움에 처했을 때 누군가가 도와줄 것이고, 무언가가 필요할 때 저절로 그 것이 찾아온다고 믿을 수 있다. 자신이 얼마나 복 받은 사람인지 깨달을 수 있을 것이다.

없는 것을 얻는 것이 아니라 있는 것을 깨닫는 것

이렇게 자신과 주변 사람들을 믿을 수 있으면, 갖고 있는 것을 꽁꽁 숨겨놓고 혼자만 갖고 있으려는 마음이 없어 진다. 자신과 주변 사람을 믿으면 갖고 있는 것을 잃어버 릴지도 모른다는 불안감도, 존재를 위협받는다는 공포도 느끼지 않을 테니까.

그러면 주변 사람에게 아낌없이 베풀 수 있게 된다. 불 안감도 공포심도 없으니 혼자서만 가지고 있을 필요성 도 느끼지 않는다. 그래서 마음이 활짝 열리게 된다. 자 신이 충만해지면 컵에 물이 넘쳐흐르듯 다른 사람을 아 낌없이 기쁘게 해줄 수 있다.

　그래서 이제부터는 그렇게 자기 자신을 만드는 방법을 설명하려 한다. 혹시나 해서 말해두는데, 이건 자신을 높인다거나 향상시킨다는 그런 얘기가 아니다. 어떻게 하면 모두가 스스로의 대단한 점을 자각할 수 있는지, 다시 말해 '없는 것을 얻는 방법'이 아니라 '이미 있는 것을 깨닫는 방법'을 말하려는 것이다. 많은 사람에게 뿌리내린, 자신을 탓하는 버릇을 여기서 깨끗이 털어내기를 바란다.

억지로 뭔가를
애써 하지 않아도

베스트셀러 작가인 혼다 겐 씨와의 추억이 떠오른다. 당시 나는 스물아홉 살이었고 겐 씨는 서른 네 살쯤이었다. 어느 날 지인의 손에 이끌려 갔다가 그의 강연을 들은 나는 깜짝 놀랐다. 아직 젊어 보이는데도 내가 존경해 마지 않는 60대, 70대의 경영자들과 똑같은 말을 했기 때문이다.

'와, 보통이 아니네…. 이 사람을 따라다니며 배워야

겠다!'

　운 좋게도 강연을 마치고 함께 밥 먹는 자리가 마련되어서 나는 겐 씨에게 질문 공세를 퍼부었다. 그리고 내가 홈페이지를 활용한 마케팅 전략으로 얼마나 성공했는지도 열심히 설명했다. 지금 생각해보면 밥맛없는 놈으로 보였겠지만 당시에는 겐 씨와 가까워지고 싶어 필사적이었다. 그러자 그가 "그러면 내 사무실 홈페이지를 만들어봐도 좋겠군" 하는 게 아닌가. 나로서는 바라던 바였다.

　며칠 후 용기를 내서 겐 씨의 사무실에 갔다. 하지만 좀처럼 내게 일을 시키지 않았다. 어떻게 된 거지? 하고 눈치를 살피다가 어느덧 점심시간이 되었다.

　그러자 그가 와서는 "고이치, 요 근처에 잘하는 파스타집이 있는데 같이 점심 먹으러 가자"라고 했다. 함께 점심을 먹고 와서도 역시 아무 일도 시키지 않은 채 시간이 흘러 저녁이 되었다.

　그러자 이번에는 "고이치, 같이 저녁 먹으러 가자"라고 했다. 역시나 또 같이 식사를 하다가 이번엔 내가 먼저

"겐 씨, 홈페이지에 관해 말인데요…"라고 말을 꺼내니 "얼마 전에 이런 재미있는 영화를 봤는데 말야"라며 계속 화제를 돌렸다.

쭉 이런 식이라서 나는 전혀 일을 시작하지 못했다. 그것도 한 달 동안이나…! 한 달이 지나서야 "슬슬 홈페이지를 만들어보지 그래?"라고 해서 겨우 일에 착수할 때쯤 겐 씨에게 물어봤다.

"어째서 한 달 동안이나 아무 일도 시키지 않은 건가요?"

그러자 이런 대답이 돌아왔다.

"그야 고이치가 아무것도 하지 않아도 여기에 있어도 된다는 걸 알아주길 바랐으니까."

나는 깜짝 놀라는 동시에 정신이 번쩍 들었다.

그전까지만 해도 수많은 경영자가 내게 일을 잘해줘서 고맙다고 인사를 했다. 개중에는 나를 선생님이라고 부르는 사람도 있었다. 덕분에 자신만만해진 나는 '내가 좀 대단하지'라며 어깨에 힘을 주고 다녔다.

겐 씨의 사무실에 갔을 때도 '이렇게 유능한 나한테 어서 일을 맡겨!'라며 온몸으로 어필했다. 지금 돌이켜 생각해보면 나는 한껏 기고만장해 있었다.

그 콧대를 겐 씨가 조용히 꺾어준 것이다. 한 달이나 일을 시키지 않고, 할 줄 아는 게 없어도 그냥 여기에 있어도 된다고 말해줌으로써.

나라는 존재 자체가
사람들을 기쁘게 한다

만약에 그때 내가 자신만만한 상태에서 일에 착수했더라면 분명히 '난 이걸 잘하니까 인정해주겠지'라는 생각에서 빠져나오지 못했을 것이다. 내가 잘하는 일로서 자신의 존재가치를 결정해버리면 같은 분야에서 더 우수한 인재가 등장하는 걸 극도로 두려워하게 된다. 그 사람의 출현으로 내 강점이 더 이상 돋보이지 않게 되면 더는 그곳에 있을 수 없기 때문이다. 그리고 그 공포심 때문에 경쟁심이 불타올라 다른 사람을 밀어내거나 필요 이상으로 자신을 과대 포장하게 된다. 그렇게 되면 전혀 행복하지 않을 것이다.

그런데 다행히, 설령 아무것도 하지 못해도 존재한다는 그 자체만으로도 괜찮다는 사실을 깨달은 나는 그런 함정에 빠지지 않게 되었다. 내가 뭔가를 할 수 있어서 사람들이 받아준 게 아니다. 그러면 어째서 나를 받아줬을까? 됨됨이가 좋아서? 재미있어서? 아니, 어느 쪽도 아니다.

그저 나라는 존재를 거기서 받아준 것뿐이다. 존재 자체를 기뻐해준 것뿐이다. 단지 그뿐이다. 이유 따위 없다. 그리고 이유 따위 없다는 건, 어떤 존재도 지금 있는 장소에서 기쁨을 주는 존재이고 받아들여진다는 뜻이다.

존재하는 것만으로 누군가에게 기쁨을 준다고 하면, 그 말을 어떻게 믿느냐고 말하는 사람도 있을 것이다. 하지만 갓난아기를 떠올려보라. 자기 혼자서는 절대로 살아갈 수 없는 아기를 아무런 보상도 없이 주위에 있는 사람들이 기꺼이 돌봐주지 않던가? 그 사람들이 부모일 수도 있고 부모가 아닌 다른 누군가일 수도 있다. 어쨌거나 그 어떤 사람도 주위 사람의 보살핌 없이는 성장할 수 없다. 나도 그렇고, 여러분도 그러하다.

지금 이렇게 성장한 것은 주위에 있는 사람이 사랑으로 키워주었기 때문이다. 당시의 기억이 없을 뿐이지, 존재 자체로 사람들에게 기쁨을 준 경험은 누구나 갖고 있다.

이러한 사실에 마음의 주파수를 맞추면 더 이상 '난 할 줄 아는 게 아무것도 없으니 다른 사람을 기쁘게 할 수 없어'라고는 생각하지 않게 될 것이다. 나라는 존재 자체가 다른 사람을 행복하게 만들 수 있다, 웃게 할 수 있다, 그렇게 믿게 될 것이다.

내가 잘할 수 있는 것은
무엇일까?

"아무것도 하지 못해도 괜찮아."

이렇게 말하면 '하지만 난 단점밖에 없어서…' '그래도 약점은 극복해야지'라고 생각할지도 모른다.

단점도 있다. 약점도 있다. 그게 당연하다. 완벽한 인간 따위는 없으니 말이다. 하지만 그래도 괜찮다. 아니 그래서 괜찮다.

앞에서도 말했다시피 누구나 잘하지 못하는 게 있다.

자신과는 다른 특기를 가진 사람이 활약할 수 있다면 자기 안에서 깊은 감사의 마음이 싹틀 것이다. 그러면 '나도 사람들을 웃게 하고 싶다'고 바라는 것이 인지상정이다.

단점과 약점으로 고민하는 사람은 그걸 솔직하게 드러내지 못하고 혼자 애쓴다. 그러면 아무리 애를 써도 안 되는 것이 생길 때 '이렇게 못하다니 너무 한심해' '더 열심히 하지 않으면 안돼'라는 악순환에 빠지게 된다.

다른 사람에게 기댈 수 있으면 그 사람에 대한 감사한 마음에서 자연히 다른 사람을 웃게 만들고 싶다는 마음이 생길 것이다. 그런데 그러지를 못하니 그 사이클에서 스스로 튕겨 나오게 된다. 또 이런 단점과 약점을 가진 내가 사람들에게 웃음을 줄 수 있을 리 없다는 생각으로 자기 자신을 괴롭히기도 한다.

그런 사람은 여기서 잠시 마음을 치유하고 넘어가자. 자신의 장점을 활용해 다른 사람을 웃게 한다고 생각해 보라. 장점 따위 없다고 생각할 수도 있겠지만 누구나 잘 하는 것이 반드시 있다.

잘하는 것에 초점을 맞추면
자기 자신을 믿게 된다

여러분이 잘하는 것을 떠올려보자. 아무리 사소한 것이라도 상관없다. 물론 실력을 늘리기 위해 뭔가를 새로 연습해보는 것도 나쁘지 않다. 가령 맛있는 커피를 내리고 싶다면 인터넷만 검색해도 관련 동영상을 수도 없이 찾을 수 있다. 그걸 보고 혼자서 연습해봐도 얼마든지 커피를 잘 내릴 수 있게 될 것이다. 이걸로 '잘하는 것'이 하나 추가된다.

장점을 말해보라면 괜히 겸연쩍어하는 사람이 많다. 그러나 누구나 이미 잘하는 것, 조금만 연습해도 잘하게 되는 것이 잔뜩 있다.

그렇게 해서 자신이 잘하는 것에 초점을 맞추면 사람들을 기쁘게 할 수 있다고 믿게 된다. 단점이 있든 약점이 있든 그런 건 아무래도 상관없다. 잘하는지, 못하는지와 관계없이 매사 자신에게 오케이 사인을 낼 수 있게 되는 것이다.

그러면 단점과 약점이 드러나도 두렵지 않게 되고, 다른 사람에게 순수하게 기댈 수 있다. 또 감사하는 마음이 싹터서 더 많은 사람들을 웃게 만들고 싶다는 마음도 생기게 된다. 이렇게 해서 마음을 꽁꽁 묶고 있던 줄이 스르르 풀리면, 어느새 감사해하는 마음을 바탕으로 인생의 토대를 마련할 수 있을 것이다.

행복의 기준을
낮춘다

소중한 사람을 웃게 하려면 먼저 자신부터 웃는 것이 중요하다. 그렇다고 억지로 웃으라는 말은 아니다. 웃을 일은 매일 산더미처럼 많으니 말이다. 한마디로 말해서 '행복의 기준'을 낮추자는 뜻이다. 행복의 기준이 낮아지면 매일 감사한 마음으로 살 수 있다.

가령 운전을 하다가 공사 현장과 딱 마주쳤을 때 "에이, 길이 막히잖아"라고 구시렁거리는 대신, 교통정리를 하는 경찰관에게 고개를 숙이고 "추운데 고생이 많으십니다"라고 인사할 수 있다. 찻집에서 주문한 아이스티 얼음이 물이 아니라 홍차를 얼린 것이라면 '그래서 아이스티 맛이 진하구나. 이렇게 세심하게 준비하다니 고마운 걸'이라고 생각할 수도 있다. 그렇지만 행복의 기준이 높은 사람이라면 '이렇게 나오는 게 당연하지'라고 대수롭지 않게 치부해 행복해질 기회를 놓치고 만다.

행복은 곳곳에 숨어 있다

행복의 기준을 낮추면 매일 행복한 기분으로 지낼 수 있다. 화내거나 고민하면 기본적으로 피곤해진다. 피곤한 것을 좋아하는 사람은 없을 것이다. 그러니 행복의 기준을 낮추고 되도록 매일 행복한 기분으로 지냈으면 한다.

　아버지 회사가 큰 빚을 졌을 때 절망하지 않고 이겨낼 수 있었던 것도, 내가 호주에 갔을 때 사막을 힘들게 여행하며 행복의 기준이 몰라보게 낮아졌기 때문이다. 여행 중에 먹는 컵라면이 얼마나 맛있던지! 일본에 있을 때는 가차 없이 버렸던 국물을 아껴 마셨을 정도다.

사막에서는 시원한 음료수를 좀처럼 마시기가 어려웠지만, 일본에서는 냉장고 문만 열면 시원한 차와 음료수를 마실 수 있다. 그것만으로도 충분히 행복한 기분을 느낄 수 있었다. 이렇게 매일 나를 웃게 하는 것들을 민감하게 캐치해 그 느낌을 만끽하는 것이 중요하다.

"와, 나를 행복하게 해주다니!" 하고 머리를 텅 비우고 속삭이듯 말해보라. 요컨대 자신에게 암시를 걸라는 말이다. 그런 훈련을 해보는 것이다. 나를 행복하게 해주는 요소들이 내 주변 곳곳에 숨어 있다는 사실을 알아차리면, 실제로 점점 행복한 일이 늘어나게 된다. 그렇게 감사하는 마음가짐을 갖는 것이 중요하다. 이것이 소중한 사람을 웃게 만드니까.

'고마워'라는 말의
놀라운 연쇄반응

앞서, 감사하는 마음으로 산다고 했는데 그 마음을 표현하는 말인 '고마워'라는 말에는 연쇄반응을 일으키는 아주 놀라운 힘이 있다. 그 연쇄반응의 시작은 '이미 받았지만 여태까지 자각하지 못했던 고마움'을 깨닫는 것이다.

우리의 육체가 바로 그러하다. 우리는 애써 스스로 세포분열을 일으켜서 육체를 만든 것이 아니다. 그렇게 생각해보면 고맙다고 생각할 수 있는 대상은 그 외에도 헤아릴 수 없이 많다. 부모님에 대한 고마움도 그중 하나다. 저마다 다르겠지만 내게 부모님은 과거에는 자각하지 못했어도 내게 있어 최고로 고마운 존재라고 할 수 있다.

호주를 여행할 때의 일이다. 어느 날 나는 '단파 라디오를 사서 좀 보내주세요'라고 부모님에게 부탁했다. 일본의 전파도 잡을 수 있는 라디오였다. 전에 사막을 건넜다는 일본인이 추천하던 물건이라 나도 갖고 싶어졌다. 하지만 현지에서 사려고 보니 너무 비싸서 부모님에게 보내달라고 부탁한 것이다.

그런데 부모님이 보내온 것은 거대한 짐 보따리였다. 자전거로 다녀야 해서 소형 라디오가 필요했는데 기운 넘치는 우리 부모님은 내게 초고성능 라디오를 보낸 것이다. 너무 커서 자전거에 싣고 탈 수가 없었다. 툴툴대며 불평하는 나에게 현지에서 친하게 지내던 일본인 친구가 한마디 툭 던졌다.

"넌 좋겠다. 난 어릴 때 어머니가 돌아가셔서…. 그런 걸 보내줄 부모님도 있고 진짜 부럽다."

단순한 나는 그날 밤 갑자기 향수병에 걸렸다. 부모란 참 감사한 존재라는 걸 실감한 것은 이때가 처음이었다.

사람에 따라 다르겠지만 이렇게 '이미 내 곁에 있었으나 지금까지 자각하지 못했던 고마운 존재'가 많이 있을 것이다. 그런 걸 깨닫게 되자 내 신변에 일어난 여러 가지 감사한 일들에도 민감해져 그때그때마다 감사할 수 있게 되었다.

감사의 마음을 가지면
더 큰 선물이 되돌아온다

친구인 서예가 다케다 소운이 특히나 그걸 잘한다. 그에게 걸리면 뭐든 감동과 감사의 대상이 된다. 가령 함께 밥을 먹다가 문득 창밖에 시선을 돌린 소운이 "고이치! 저녁놀 좀 봐, 장난 아니지? 진짜 감동이야! 자연아, 고맙다!"라고 말하며 감격 어린 표정을 짓는다.

부인과 함께라면 몰라도 40대 중반을 넘은 아저씨 둘이서 저녁놀에 감동하다니…. 솔직히 나는 좀 그렇다고 생각했지만 소운은 정말로 늘 그런 식이다. 그를 보노라면 왠지 모르게 늘 즐겁게 일하는 것처럼 보이고, 어떤 일을 하든 순조롭게 잘 풀리는 것만 같다. 본인이 말하길, 자기가 일을 구하러 가는 게 아니라 즐거운 일이 늘 자기에게 날아든다나.

어느 날은 도산 위기에 몰린 한 회사가 절치부심 끝에 다시 일어선다는 다큐멘터리를 보고 언제나 그렇듯이 "진짜 감동이야~!"라며 눈물을 흘렸는데, 얼마 후 그 회사로부터 의뢰가 와서 중요한 작품을 쓰게 되었다는 이야기를 들은 적도 있다.

언젠가 그 친구가 말했다.

"난 소원을 빌지 않아. 소원을 갖고 있으면 이룰 수 있는 게 적어지거든. 하지만 감사한 마음을 가지면 더 큰 것이 찾아오더라고. 그래서 소원을 빌기보다 감사한 마음을 갖는 편이야."

나 또한 이를 과거에 실감한 적이 있다. 서른도 안 된

나 같은 풋내기가, 어떻게 해서 다케다 와헤이 씨라는 멋진 사람의 후계자가 된 건지 틀림없이 많은 사람이 신기하게 여길 것이다. 그 또한 실은 감사해하는 마음 덕분이었다.

계기는 이랬다. 당시 와헤이 씨는 나의 뉴스레터에 '덕의 학교' 설립에 관한 글을 열심히 게재하고 있었다. 그 뉴스레터를 통해 와헤이 씨의 학교에 200명이 넘는 사람이 입학 신청을 했고, 감사의 뜻으로 와헤이 씨가 내게 순금메달을 선물한 것이다.

나는 뛸 듯이 기뻤다. 하지만 어떻게 보답해야 할지 마땅한 생각이 들지 않았다. 무엇이든 살 수 있는 와헤이 씨에게 시중에 파는 물건을 선물해봤자 큰 의미가 없을 테고, 꽃을 보내는 것도 왠지 아니다 싶었다. 와헤이 씨는 나를 기쁘게 해주고 싶어서 이 메달을 줬으니, 기쁘게 해주고 싶다는 그 마음을 몇 십 배로 돌려주면 되지 않을까 하는 생각이 머리를 스쳤다.

나는 서둘러 친구 서른 명을 집에 초대했다. 그리고 "일본에서 제일가는 투자가가 준 순금메달이니까 손에 닿기만 해도 운이 좋아질 거야!" 하고 친구들에게 말했다. 그리고 한 사람씩 메달을 들게 하고 "오, 대단한데~" 하고 활짝 웃는 친구들의 모습을 사진으로 찍어 와헤이 씨에게 보냈다.

서른 명의 웃음을 선물로 받은 와헤이 씨는 놀라우리만치 기뻐해주었다. 그뿐만 아니라 "지금까지 여러 사람에게 메달을 선물로 줬지만 이렇게 기뻐해주는 사람은 없었어. 자네야말로 내 후계자가 될 자격이 있네"라고 말하는 것 아닌가. 내가 최선을 다해 감사한 마음을 표현한 것이 다시 또 엄청난 선물로 되돌아온 것이다.

이렇듯 감사한 마음을 가지면 그 대가로 받는 것이 압도적으로 커진다. 소원은 상상력의 산물이라서 그 소원을 이뤘다 해도 자신이 상상한 범위 내에서 그치게 되어 있다. 하지만 감사한 마음을 잊지 않으면 자신이 생각지도 못한 곳에서 기적이 일어나고 자신의 상상을 훨씬 뛰어넘는 것이 찾아온다.

이것이 감사의 마음이 갖는 놀라운 연쇄반응이다. 감사한 마음으로 살면 자연히 얻는 게 많아지고 자신의 그

릇에 행복이 찰랑찰랑 흘러넘친다. 그리고 그 결과, 주변
사람을 웃게 해주고 싶은 생각이 들게 된다.

행복 열매가
주렁주렁 달린
사과나무

다른 사람을 행복하게 해준다는 건 불가능하다고 생각하는 사람도 분명 있을 것이다. 행복하게 만들어줄 만큼의 '밑천'이 없다고 할 수도 있다.

주는 게 없으면 받을 수 없다. 분명 그렇다. 하지만 사실은 누구나 다른 사람에게 아낌없이 줄 수 있을 만큼의 밑천이 있다. 다만 깨닫지 못할 뿐이다. 다른 사람을 행복하게 해준다, 웃게 해준다는 말은 '가지가 휠 정도로

주렁주렁 달린 사과나무'를 갖게 된다는 말과 같다고 생각한다. 혼자서는 다 먹을 수 없을 정도로 열매가 많이 맺히면 "이거 하나 드셔보세요"라고 나눠주게 되지 않을까? 그렇게 하면 "사과는 아주 질색이야!'라는 사람이 아닌 한, 기뻐하며 웃어줄 것이다.

행복도 그와 마찬가지다. 이미 받은 것이 많다는 것을 깨닫는다면, 그리고 언제든 받을 수 있다고 믿는다면 아낌없이 줄 수 있게 된다. 그런 마인드로 준다면 받은 사람도 웃을 것이다.

그렇다면 먼저 사과나무를 찾아서 열매를 주렁주렁 맺는 나무로 열심히 키워야 할까? 꼭 그렇지는 않다. 누구나 이미, 가지가 휠 정도로 열매를 맺는 사과나무를 갖고 있기 때문이다. 앞서 말했다시피 깨닫지 못했을 뿐이다.

'감사 안경'을 쓰고
세상을 본다면

와헤이 씨가 쓴《결국 돈은 환상입니다》라는 책이 있다. 절판된 책인데, 얼마 전《일본 최고의 개인투자가가 가르쳐주는 돈과 복을 부르는 원칙》으로 제목을 바꾸고 문고본으로 출간하기로 하면서 내가 머리말을 써드리기로 했다.

그 책을 다시 읽어보니 역시 와헤이 씨는 '감사'에 뿌리를 두고 있다는 걸 재차 확인할 수 있었다. 그는 '없는 것'에 초점을 맞춘 적이 단 한 번도 없었다. 내가 얼마나 많은 것을 받았는지에 초점을 맞추고 감사한 마음을 가졌다.

없는 것에 초점을 맞춰봤자 나아질 게 없다. 그 대신 이미 주렁주렁 열매가 달린 사과나무가 있다는 걸 깨닫자. 감사의 안경을 쓰고, 주변에 대해 고마워하는 마음을 가지면 자신에게 이미 밑천이 넉넉히 있다는 걸 깨닫게 된다. 그러면 '어, 이런 곳에도 가지가 휠 정도로 열매가

맺힌 사과나무가 있다니!' 하고 새로 깨달음을 얻을 수도 있다.

이렇게 깨닫고 나면 이미 잔뜩 갖고 있기 때문에 아낌없이 나눠줄 수 있다. 그러면 감사하는 마음에 바탕을 두고 행복을 나눌 수 있는 사람이 된다. 이것은 전혀 신기한 일이 아니며 뇌에서 일어나는 자연스러운 작용이다.

가령 호주에 가고 싶다면 호주에 관한 정보가 눈에 들어올 것이다. 결혼을 준비하는 사람이라면 관련 정보들이 제일 먼저 보일 것이다. 관심이 없으면 설령 눈앞에 있어도 그냥 지나쳐버린다. '호주 안경' '결혼 안경'을 쓰고 있으니 포착할 수 있는 것이다. '감사 안경'을 쓰면 원래부터 사과나무가 거기에 있었다는 걸 알게 되고, 새로운 사과나무를 얻을 수도 있다. 바로 그런 이치다.

멋진 내가 될 수 있게
허락한다

'나도 이렇게 되고 싶다'라는 멋지고 이상적인 모습을 누구나 마음속에 품고 있을 것이다. 하지만 그 이상적인 모습에 쉽게 가까워지지 못한다. 왜 그럴까? 실력이 따라가지 못해서? 매력이 부족해서? 아니다. 스스로 멋있는 사람이 될 수 있게 허락하지 않기 때문이다.

가령 '큰 무대에 올라 많은 사람들 앞에서 노래해보고 싶어!'라고 생각했다고 하자. 하지만 막상 그런 자리가 마련되어도 "아니에요, 농담이었어요. 죄송합니다!" 하고 뒤로 물러나진 않는가? 나 자신에게 허락하지 않는다는 건 이런 것이다. 이렇게 되고 싶다고 바라지만 실제로 그렇게 될 수 있다고는 믿지 못한다.

친하게 지내는 고코로야 진노스케 씨와 후쿠야마 마사하루(일본의 영화배우이자 가수)의 콘서트에 갔을 때 놀란 적이 있다. 고코로야 씨는 심리 카운슬러다. 요 몇 년 사이 강연회에서 기타를 연주하거나 노래를 선보이는 것이 정례 행사가 되었다.

그런 고코로야 씨가 후쿠야마의 콘서트 내내 "그래그래, 이렇게 하니까 다들 즐거워하는구나"라며 유심히 살피고 있었다. 그런 모습을 본 나는 "아니 혹시 가수라도 되기로 한 거야?"라고 놀렸다. 하지만 지금 생각해보면 그때 고코로야 씨는 큰 무대에 서서 노래하는 자신의 모습을 상상하며 그것이 현실이 될 것임을 떠올렸던 것 같다. 그는 스스로 멋진 사람이 될 수 있게 허락한 것이다.

그로부터 2년 후, 고코로야 씨는 정말로 부도칸의 큰 무대에 올라 6,000명의 관객 앞에서 노래를 불렀다. 마음속에 그리던 멋진 사람이 될 순간에 "아니에요, 농담이었어요. 죄송합니다"라고 발을 빼지 않은 것이다.

멋진 내가 될 수 있게 허락한 사람은 실제로 훨씬 더 빨리 그렇게 될 수 있다. 그런 마음을 품고 있으면 신기하게도 그걸 실현할 수 있는 기회가 찾아오고, 그 기회가 찾아왔을 때 바로 낚아챌 수 있는 것이다.

'과거의 나'에게 응원을 받자

하지만 인간은 좀처럼 멋진 사람이 되려는 자신을 허락하지 않는다. 자신의 발목을 붙잡는 건, 옛날의 나를 알던 사람이 보면 갑자기 어울리지 않게 왜 그래 하고 이상하게 바라보지 않을까 하는 두려움이다.

중학교 시절에는 전혀 눈에 띄지 않고 조용히 지내다 고등학생이 되자마자 튀는 사람이 있다. 그런 사람을 보고 "뭐야 쟤, 갑자기 왜 저래?" 하고 삐딱한 시선으로 바라봤던 적은 없는가?

그런 경험이 있다면 더더욱 '과거의 나를 아는 사람이 보면…' 하고 지레 겁을 먹을 것이다. 하지만 정말 사람들이 눈치 없이 튄다고 속으로 생각하는지는 알 수 없다.

결국, 멋진 사람이 되는 것을 방해하는 요인은 '괜히 튀어 보이지 않을까'라고 걱정하는 자기 자신인 셈이다. 이미 자신은 현재와 미래를 멋지게 살려고 하는데 과거의 나를 아는 내가 '아니, 너 원래 그런 애 아니잖아'라고 브레이크를 거는 것이다. 멋진 사람이 되고 싶은데도 그렇게 돼라고 허락해주지 않는다. 그리고 막상 실현할 수 있게 되어도 갑자기 부끄러워져서 "미안, 역시 무리야 무리!" 하며 손사래를 친다. 그건 성격상 어쩔 수 없는 일이기는 하지만 그래도 포기하지 말고 조금씩 그릇을 넓혀보면 어떨까?

그렇다면 어떻게 그릇을 넓히면 좋을까? 먼저 '과거의 나'가 되어 그 미래인 '지금의 나'를 응원해주어라. 사실 나도 과거에 다른 사람의 시선은 아랑곳 않고 당당히 나서는 사람을 속으로 비웃었던 적이 있다. 솔직히 말하자면 그건 부럽다는 감정이었을 것이다. 하고 싶은 것을 당당히 해낼 수 있게 된, 바라던 모습이 된, 그런 사람에 대한 질투의 감정도 있었으리라 생각한다.

그런 과거의 내가 지금의 내 발목을 잡는다. 그러니 먼저 그 기분을 다른 말로 표현해보자.

"미안, 하고 싶은 걸 진짜 하는 모습을 보고 좀 질투가 났어."

그러고 나서 과거의 내가 미래의 나를 응원한다.

"아직은 이렇지만 미래의 나는 누구보다 멋질 거야. 너무 기뻐."

"솔직히 말해서 미래의 내가 아주 잘되리란 걸 알고 있어."

이런 시간들을 거쳐 멋있는 사람이 되면 그런 나를 좋아해주는 사람도 많이 생길 것이다. 그 점에 주목하는 것도 중요하다.

나도 페이스북에 멋진 글을 올리기가 살짝 겁이 나던 때가 있었다. 고등학교 동창들이 보고 괜히 트집을 잡는 댓글을 달지 않을까 걱정도 했다. 하지만 뚜껑을 열어보니 그런 댓글이 달리는 일은 전혀 없었다. 오히려 많은 사람들이 '좋아요!'를 눌러주어서 참 기뻤다.

이렇게 먼저 과거 자신의 시선으로 지금의 나를 응원한다. 그리고 조금 멋있어진 나를 '좋아요'라고 생각해주는 사람에게 집중한다.

그러면 조금만 더 멋있게, 조금만 더 멋있게 되자고 생각하게 되고 실제로 점점 더 멋있어진다. 그런 식으로 조금씩 워밍업을 하는 사이에, 이미 멋진 자신이 될 수 있게 스스로 충분히 허락했음을 깨달을 것이다.

자신에게
너무 냉정한 것은
아닌가?

인간관계는 전부 '투영'이다. 무슨 말인가 하면, 자신이 스스로를 어떻게 대하는가는 주변 사람이 자신을 어떻게 대하는가, 자신이 주변 사람을 어떻게 대하는가에 투영된다는 뜻이다.

자기 자신을 심하게 대하면 주변 사람도 자신을 심하게 대한다. 자기 자신을 소중히 대하면 주변 사람도 자신을 소중히 대한다. 마찬가지로 자기 자신을 심하게 대하면 주변 사람에게도 심하게 대한다. 자기 자신을 소중히 대하면 주변 사람에게도 소중히 대한다.

이렇게 주변 사람과의 관계는 전부 자신과의 관계를 비추는 거울이 된다. 이러한 도식을 알면 주변 사람들과의 관계를 자신과의 관계의 척도로 삼을 수 있다. 자신에게 냉정하고 쌀쌀맞게 대하면 마치 약속이라도 한 것처럼 주변 사람들도 당신에게 냉정하고 쌀쌀맞게 대할 것이다. 주변 사람들이 여러분에게 냉정하고 쌀쌀맞게 대하는 것은 당신 자신이 스스로에게 냉정하고 쌀쌀맞게 구는 증거라고 볼 수 있다.

이는 가까운 사람과의 관계에서만이 아니다. 가령 우연히 탄 택시 기사의 태도가 불친절해서 기분이 좋지 않았다고 치자. 그런 사람을 만난 것도 어쩌면 자신이 스스로를 심하게 대한다는 사인인지도 모른다. 게다가 꼭 그럴 때는 상대의 기분이 나빠질 만한 태도를 취하게 된다. 자기 역시 퉁명하게 말하거나, 가는 도중 트집을 잡는 식으로 말이다. 전부, 자신이 스스로를 어떻게 대하는가를 비추고 있다.

그래서 나는 냉정하고 매몰차게 대하는 사람이 나타났을 때는 '아, 이 사람은 요새 자기 자신을 냉정하고 매몰차게 대하고 있는지 몰라'라고 생각하기로 했다. 그리고 '상대가 기분이 나쁘다 → 자신도 기분이 나빠진다 → 상대는 점점 더 기분이 나빠진다'라는 악순환을 끊어내기 위해 조금이라도 상대의 사정을 배려해 친절하게 대하기로 결심했다.

'이 기사님이 오늘은 컨디션이 별로 안 좋은가?' '바로 직전에 매너 없이 구는 손님을 태웠나?'라고 상상하면 내 태도도 자연히 누그러졌다.

운전 중에도 요상하게 추월하는 사람이 나타나면 나도 모르게 험한 말이 튀어나오려고 한다. 하지만 '화장실이 급한가?' '아, 어쩌면 부인이 산기를 느꼈는지도 몰라'라고 조금 엉뚱한 상상을 하면 뿔난 마음이 누그러진다. 곧바로 따라잡아주겠다는 경쟁심도 사라진다.

그렇지만 이렇게 말하기는 쉽고 행동으로 하기는 어려워서, 막상 그런 순간이 오면 실행하기가 쉽지 않다. 그래서 나도 아직 멀었다고 생각한 적이 많다.

먼저 나부터 바꾼다

10년 후의 멋진 나라면
어떻게 할까?

그래서 추천하는 것이 '10년 후의 멋진 나'를 떠올려보라는 것이다. '10년 후의 멋진 나라면 지금 어떻게 대응할까?'라고 상상해보는 것이다. 이미 '10년 후의 멋진 나'라는 구체적인 모델을 갖고 있다면 더더욱 좋다. '그 사람이라면 어떻게 할까?'라고 상상해보는 것도 좋으리라.

운 좋게도 나는 20대 시절, 나이 차이가 많이 나는 손님을 수없이 접할 수 있었다. 일이 아니었다면 내가 쉽게 만나볼 수 없는 와헤이 씨도 가까이서 볼 수 있었다. 그런 분들과의 만남을 통해 '이런 식으로 행동하다니 멋지다' '성공을 하는 건 이런 사람들이구나'라고 배울 수 있었고 반대로 반면교사가 되는 사람을 만나기도 했다.

지금도 늦지 않았다. '10년 후 멋진 나'의 모델이 되는 사람을 만나러 가보기를 강력히 추천한다.

소중한 사람을
정말 소중히
대하고 있는가?

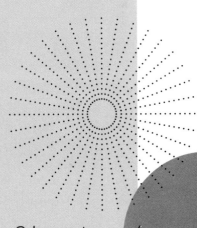

Chapter 4.

반경 30미터 안에는
누가 있을까?

소중한 사람을 웃게 한다. 그러기 위해서는 먼저 자신이 웃어야 한다. 자신을 괴롭히면 소중한 사람에게도 다정하게 대할 수 없다. 자신을 소중히 여겨야 소중한 사람도 소중히 여길 수 있다. 자신에게 "괜찮아"라고 말할 수 있어야 소중한 사람에게도 "괜찮아"라고 말해줄 수 있다.

소중한 사람이 있다면 더욱더 자신을 먼저 만족시켜야 한다. 그렇게 해서 찰랑찰랑 넘치는 만족감을 소중한

소중한 사람을 정말 소중히 대하고 있는가?

사람들에게 나눠줄 수 있으면 되는 것이다. 실은 다른 사람을 웃게 하는 건 아주 간단하다.

'반경 3미터 안에 누가 있을까?' 생각해보는 것이다. 지금 여기에서 여러분이 진심으로 소중히 여기고 싶은 사람을 다시 한 번 확실히 밝혀보자. 막상 떠올리려고 하면 마땅히 생각나지 않을 수도 있다.

단, 예의가 바른 사람, 의리 있는 사람은 주의해야 한다. '그 사람과는 너무 오래 알고 지냈으니까' '그 사람은 나에게 이런 것까지 해주었으니까' 하고 떠오른 인물은 없는가?

사람들에게 입은 은혜를 잊지 않는 건 중요하다. 하지만 은혜를 잊지 말아야 한다는 생각에 사로잡혀, 실제로 좋아하지도 않는 사람이나 불편한 사람을 3미터 안에 넣는 것은 피했으면 한다.

세상에는 다른 사람에게 베푼 은혜를 과시하고 생색내는 사람도 있다. "그때 내가 어떻게 해줬는지 벌써 잊었어?"라며 지배하려고 하는 것이다. 그런 사람을 3미터 안에 넣으면 마음이 지치고 쇠약해진다. 그러면 진짜 소중한 사람들을 정말로 소중히 여기지 못하게 될 것이다.

　은혜를 입은 건 사실이지만 나와 인간적으로 맞지 않다고 느끼는 경우도 있을지 모른다. 이때도 주의해야 한다. 자칫하면 '은혜를 베푼 사람을 싫어해서는 안 돼'라는 엄격한 '자기 헌법'이 발령되어 내면의 '도덕 간수'가 자기 자신에게 벌을 내리려 하기 때문이다. 게다가 이렇게 자신에게 벌을 내리면 어느새 가까운 곳에 비슷한 사람이 모이게 된다. 의리니 인정이니 얼핏 그럴싸하게 들리는 곳에는 이렇게 빠지기 쉬운 함정이 도사리고 있다.

　똑같이 은혜를 갚더라도 '돌려주지 않으면 안 돼'보다 진심으로 '돌려주고 싶다'라는 자세를 가져보면 어떨까? 의리나 책임감, 나아가 자기희생 의식을 갖고 은혜를 갚는 것은 바람직하지 않다고 생각한다.

　다른 사람을 웃게 하려면 자신이 먼저 웃어야 한다. 그렇지 않으면 반드시 어딘가에 균열이 생겨 행복이 도망가버린다.

소중한 사람을 정말 소중히 대하고 있는가?

나를 행복하게 해주는 사람은
누구일까?

누군가에게 은혜를 입고도 진심으로 갚고 싶다는 생각이 들지 않는다면, 대신 자신이 좋아하는 사람을 웃게 해보자. '은혜 갚기'가 아니라 '은혜 보내기'라는 방법으로 바꾸어 어떤 사람에게 받은 은혜를 다른 사람에게 보내는 것이다.

　인간 세계는 어디나 은혜로 가득하다. 분명 당신도 지금까지 받은 은혜가 한둘이 아닐 테고, 은인도 한두 사람이 아닐 것이다. 사방팔방이 은혜로 가득 찼다고 생각하면 그 감사한 마음이 누구에게 향해도 좋을 것이다. 그러니 당신이 진심으로 웃게 하고 싶은 사람에게 은혜를 보내면 좋지 않을까?

　'반경 3미터를 행복하게 한다'는 것은 3미터 안에 있는 사람을 예절이니 의리니 그런 기준으로 정하지 않고 그보다 훨씬 부담 없고 편안히 고른다는 뜻이다. 자신도 웃고 주변도 웃는다. 이렇게 웃음이 연쇄반응을 일으켜

이에 대한 상승효과로 반경 3미터 안에서 행복이 점점 커진다고 생각해보라.

그러니 일단 의리와 인정에 얽매인 발상은 접어둔 채, 단순히 좋고 싫음으로 생각해보라. 양심의 가책을 잘 느끼는 사람에게는 이 또한 어려울지 모른다. 그렇다면 자신을 행복하게 해주는 사람은 누구인지 생각해보자. 모처럼 행복하게 살고 싶다면 자신을 행복하게 해주는 사람을 행복하게 해주는 게 좋으리라.

뭔가를 해주어서가 아니라 존재 자체로 나를 웃게 해주는 사람. 그래서 나도 그 사람을 소중히 여겨야 한다는 의무감과 책임감을 느끼지 않고 그저 나를 행복하게 만들어주는 사람. 여러분에게 그런 사람은 누구인가?

소중한 사람을 정말 소중히 대하고 있는가?

같이 있으면 불편한 사람은
과감히 정리하라

반경 3미터 안에 누가 있는지를 떠올려보는 것은 반대로
말해 반경 3미터 안에 누구를 포함시키지 않을지를 생각
해보는 일이기도 하다. 별로 좋아하지도 않는데 타성에
젖어 만나던 사람이나 의무감 때문에 관계를 이어 가던
사람들 말이다. 연락이 왔을 때 반갑기보다 부담스러운
사람, 만나고 돌아오면 내내 마음이 불편한 그런 사람들
을 정리하는 좋은 기회도 되리라 생각한다.

이제는 만나자는 연락이 와도 응하지 않거나, SNS 팔로우를 끊거나, 그 사람이 하는 말이나 행동에 무심코 동조하지 않는 식으로 방책을 강구해도 좋을 것이다. 그런데 분명히 이렇게 생각하는 사람이 많을 것이다. '그건 내가 먼저 인연을 끊는다는 뜻이잖아. 그러면 왠지 내가 나쁜 사람이 되는 것 같아'라고 말이다.

이걸 바로 죄책감이라고 한다. 죄책감이란 '죄를 지은 것만 같은 느낌'이다. 즉 실태(實態)가 없다. 그러면 왜 죄책감이 생길까? 죄책감이 사라지면 왠지 곤란한 일이 생길 거라고 생각하기 때문이다. 즉, 내가 먼저 관계를 끊는 것에 대한 죄책감을 느끼지 않으면 뭔가 잘못될 것 같다는 공포를 느끼는 것이다.

인간관계를 정리한 후의
상쾌한 미래를 상상한다

'그 친구와 인연을 끊으면 함께 어울리던 좋은 친구들과도 사이가 멀어질지 몰라' '갑자기 관계가 나빠지면 안 좋은 뒷말이 나올지도 몰라' '불편하고 싫은 사람에게도 미움은 사고 싶지 않아'…. 마음속으로 이렇게 생각할지 모른다. 이런 불안과 공포를 느끼는 이유는 정말로 그 관계를 끊었을 때, 그 후의 일이 어떻게 벌어질지 예상되지 않아서다.

하지만 막상 인연을 끊어도 곤란한 일은 거의 일어나지 않는다. 관계를 끊은 상대가 나를 어떻게 생각하는지는 깜짝 놀랄 정도로 신경 쓰이지 않게 될 것이다. 기분이 후련하고 상쾌하다. 오랫동안 묵혀놨던 안 좋은 감정의 고리를 끊어냈으니 당연한 결과다. 이제야말로 소중한 사람들만을 웃게 할 수 있는 상태가 되었다.

불편하고 힘든 이 과정을 거쳐야 하는 것은 자신이 진심으로 소중히 하고 싶은 사람을 정말로 소중히 여기기 위해서다. 나라는 사람은 이 세상에 오직 하나밖에 없고 시간은 유한하다. 소중한 사람을 정말로 아끼고 싶다면 싫어하는 사람과 만날 시간이 어디 있을까?

하지만 아이러니하게도 인간은 불편한 사람에게 9의

노력과 시간을 쏟고, 좋아하는 사람에게 1의 에너지와 시간밖에 쏟지 않는다. 그것이 반대로 바뀐다면 자신의 삶이 얼마나 나아질지 생각해보라. 그러니 나를 행복하게 해주지 않는 사람과는 만나지 않아도 된다, 마음의 반경 3미터 안에 들이지 않아도 된다고 스스로에게 오케이 사인을 내주기 바란다.

가령 어린아이가 "우리 반에 날 괴롭히는 애가 있어"라고 울먹이면 뭐라고 말할 것인가? 억지로 그 애한테 데리고 가서 "앞으로는 서로 사이좋게 지내"라고 말할 것인가? 아니다. 나라면 아이의 몸과 마음을 지키기 위해 "이제 그런 애랑은 안 놀아도 돼"라고 말해줄 것이다.

요컨대 자기 자신에게도 이렇게 말해주면 된다는 것이다. 세상의 시선이나 규범, 의리와 인정에 아랑곳하지 말고 정말로 좋아하는 사람하고만 깊이 관계를 맺어보라. 그로 인해 느끼는 상쾌함은 이루 말할 수 없다.

소중한 사람을 정말 소중히 대하고 있는가?

생각의 각도를
살짝 바꾼다면

이 책의 주제는 '반경 3미터를 행복하게 한다'는 것이지만, 그 안에 보이지 않은 주제가 숨어 있다. 3미터 안에 있는 사람들로 인해 자신이 얼마나 행복했는지를 깨닫는 것이다. 주변 사람으로 인해 얼마나 행복했는지를 실감하면 할수록 다른 사람들을 행복하게 해줄 수 있기 때문이다.

그리고 행복을 더 많이 실감하려면 역시 앞에서 말한

것처럼 행복의 기준을 낮추는 것이 제일이다. 행복의 기준이 높으면 행복을 더 많이 느끼기 위해 소중한 사람에게 지금보다 더 많은 행복을 받지 않으면 안 되니까 말이다. 즉 소중한 사람에게 더 많은 것을 요구하게 되는 것이다. 조금만 생각해봐도 이는 어려운 일이다. 일방적으로 더 많은 것을 요구해 상대가 곤란해하거나 피곤해지는 안타까운 결과를 초래하기도 한다.

그러니 행복의 기준을 아래로 쑤욱 낮춘다. 그러면 아주 사소한 일이나 당연하다고 생각했던 일에도 행복을 느끼고 감사함마저 느낄 수 있다. 그건 자신을 속이는 짓이라고 생각하는 사람도 있을지 모른다. 하지만 그렇게 해서 서로가 더 행복해질 수 있다면 좋은 일 아닌가.

뇌 안의 오작동으로 행복해질 수 있다면 계속 오작동되는 편이 낫다고 생각한다. 나의 은사 다케다 와헤이 씨도 늘 그렇게 말했다.

"고이치, 봐봐. 꽃이란 사람을 향해 펴. 아래에 있는 꽃은 위를 보고 피고, 위에 있는 꽃은 아래를 보고 피지. 하늘은 사람들을 위해 꽃을 피우는 거야."

소중한 사람을 정말 소중히 대하고 있는가?

물론 하나하나 따지고 들면 틀린 경우도 있다. 하지만 중요한 것은 자신이 그것을 어떻게 보느냐다. 사람의 뇌란 어차피 착각하기 마련이니 그럴 바에는 좋은 쪽으로 착각을 하는 편이 행복하다는 말이다.

행복의 기준이 올라가는 것은 자연스러운 일

인간이란 정말로 욕심이 많은 존재라서 그냥 내버려두면 행복의 기준이 자꾸만 올라간다. 전에는 행복하게 느꼈던 일이 어느새 당연하게 느껴져서 감사한 마음이 들지 않는다. 감각이 금세 무뎌지는 것이다.

가령 결혼한 지 얼마 안 되어 아내가 된장국을 끓여주면 맛은 둘째 치고 일단 감탄부터 나온다. 그런데 시간이 좀 흐르면 된장국을 끓여주는 것이 당연하게 느껴진다. 그리고 급기야 "오늘 된장국 좀 짜지 않아?"라고 불평하는 일도 생긴다.

말 타면 경마 잡히고 싶다고 과거에는 행복하게 느껴졌던 일이 언제부턴가 당연하게 느껴지는 경우가 많다. 이것은 자신이 나빠서가 아니다. 인간의 습성이 그렇다. 아이다 미쓰오(일본의 대표적 서예가이자 시인) 풍으로 말하자면 "인간이란 말이오, 원래 행복의 기준을 자꾸만 올리는 존재가 아니오?"라는 식이다.

이렇게 올라가기만 해서는 누구도 행복해질 수 없다. 그러니 이쯤에서 행복의 기준을 쑤욱 낮추자. 나도 한때 이 연습을 많이 했다. 아버지가 진 빚을 갚기 위해 필사적으로 일하던 때는 친구들 연락이 와도 일하는 데 방해될까 피하게 되었다. 어렸을 땐 여자들한테 인기를 끌고 싶은 마음이 컸지만 그때는 여자친구를 사귀려고도 하지 않았다.

그러자 점점 마음이 비뚤어졌다. 어느 날 문득 거울을 보니 거기에는 아주 억울한 표정을 한 남자가 있었다. 마음이 비뚤어진 나 자신이었다. 나는 나 혼자만 발버둥치는 기분이 들었고, 어느새 주변 사람들로 인해 내가 얼마나 행복했는지에 대해서는 전혀 생각하지 않는 사람이 되었다.

돌이켜보면 이때가 행복에 대한 감각을 키우게 된 최초의 계기였던 것 같다. '지금의 나, 참 보기 딱하다' '이건 아니야'라는 생각이 퍼뜩 들었기 때문이다. 정신을 차리고 생각해보니 대체 얼마나 많은 소중한 사람들이 나를 행복하게 해주었던가 싶었다.

그들은 단지 매일 만나는 사람들이라고 한정할 수 없다. 가령 이미 죽고 세상에 없지만 내 마음의 반경 3미터 안에 들어가는 사람이 있지 않을까? 그런 사람을 직접 행복하게 만들어줄 수는 없지만, 그가 살아 있었을 때 내가 그로 인해 얼마나 웃었는지를 반추해봄으로써 행복에 대한 감각을 되찾을 수 있다.

매일의 사소한 일, 그리고 스쳐지나간 일에도 행복했다, 고마웠다고 느끼는 연습을 하자. 어느새 둔해진 '행복 센서'를 다시 예리하게 만드는 일이 필요하다.

행복하게 해주고
보상을 바라지 마라

주변 사람들로 인해 얼마나 행복했던가에 생각이 미치면 나 자신이 뭔가를 했을 때, 보상을 바라지 않게 된다. 누군가에게 행복을 가득 받았을 때 다른 사람을 행복하게 해주면 행복하게 해준 것 자체가 행복이 되고, 자연히 보상 따위 필요 없다고 생각하게 된다.

생각해보면 보상을 바라는 이유는 내가 상대방을 행복하게 해줬다고 의식하기 때문이다. 왜 그럴까? 마음속 어딘가에 '상대를 위해 내가 희생했다'라는 생각이 깔려 있기 때문이다. 상대방의 행복이 곧 나의 행복이라고 여기지 못하니까 자기희생 의식이 생기는 것이다.

하지만 모처럼 소중한 사람을 웃게 해놓고 보상을 바라면 금세 불행하다고 느껴질 것이다. 말로 표현하지 않아도 자각하지 못하는 사이에 낫토처럼 끈적끈적한 기운이 뿜어져 나올 테니 말이다. '이렇게나 해줬는데 이 정도밖에 돌아오지 않다니' 하는 마음을 품고 있으면 상대는 더 이상 웃을 수 없게 된다. '부탁하지도 않았는데' '뭐 그렇게 대단한 일을 해줬다고…'라고 생각할 수도 있다.

그러면 아마 바라던 보상도 받을 수 없을뿐더러 가령 보상을 받았다 해도 두 사람의 행복감은 꽤나 낮아질 것이다. 이렇게 되면 더는 웃음의 연쇄반응과 상승효과를 바랄 수 없다. 그러니 소중한 사람을 행복하게 해주기 전에 '소중한 사람이 나한테 얼마나 행복하게 해주었는가'를 먼저 깨달을 필요가 있다.

10분 후의 행복을 위해
지금의 생각을 바꾼다

이렇게 말하는 나도 완벽하지 않다. 아이 기저귀를 갈거나, 목욕탕 청소를 했다거나 이런 별것 아닌 일에도 '봐, 내가 해줬잖아?'라고 생색내는 마음이 든다. 쩨쩨한 내가 얼굴을 내미는 것을 느낄 때가 있다.

이렇게 '해주는 느낌'이 들 때는 순간적으로 평소 감사해하는 마음을 잊게 된다. 따라서 쩨쩨한 내가 고개를 들 때는 '아, 지금 나 좀 위험한 것 같아'라고 깨닫도록 하자. 내가 이만큼 해줬다는 마음이 들면 10분 후에는 내가 불행하게 느껴진다. 하지만 이만큼 할 수 있어 행복이라고 생각하면 10분 후에는 제법 행복해진다. 다시 말해 10분 후의 행복을 위해 지금의 마음가짐을 바꾸라는 말이다. 그 훈련을 하는 것이다.

내 주변을 둘러보면, 주변 사람들을 행복하게 해주고도 조금도 생색내지 않는 사람이 많다. 아니, 생색을 내기는커녕 이쪽이 인사라도 할라치면 "이렇게 기뻐해주니 나도 기쁘다"라고 되려 고마워하거나 "어? 그런 일이 있었어?" "그런 게 좋으면 얼마든지"라고 쿨하게 받는 사람도 있다. 그런 사람들은 자신이 남을 행복하게 해준 것도, 자기희생 의식도 전혀 느끼지 않은 것이다. 이 정도로 자연스럽게 다른 사람을 웃게 할 수 있다는 건 '누군가로부터 받은 행복'이 커서일 거라고 짐작한다.

소중한 사람을
웃게 하는 법

소중한 사람을 웃게 하려면 구체적으로 뭘 하면 좋을까?
이는 사람마다 달라서 솔직히 뭐라고 콕 집어 말할 수 없
다. 단, 웃게 할 수 있는 방법으로 제일 먼저 추천하고 싶
은 것은 소중한 사람이 멋진 사람으로 보이는 안경을 쓰
고 세상을 보라는 것이다. 예쁜 면이든 멋진 면이든 다정
한 면이든 믿음직스러운 면이든 무엇이든 좋으니까 일
단 상대의 멋진 면을 되도록 많이 포착한다. 상대를 웃게

소중한 사람을 정말 소중히 대하고 있는가?

하려면 이 점이 아주 중요하다.

나는 이것을 서예가 다케다 소운 씨에게 배웠다. 그는 이것이 원만한 부부생활을 보내기 위해 평소 유의할 점이라고 했다. 인간은 눈앞에서 일어난 일을 전부 보는 듯해도 실제로는 자신이 보고 싶은 것만 본다. 즉 무엇을 보느냐는 스스로 컨트롤할 수 있다는 말이다. 따라서 멋진 면만 보기로 결심한다. 멋진 사람으로 보이는 안경을 쓰는 것이다.

부부를 예로 들자면 처음 만났을 무렵에는 상대의 멋진 면을 빠짐없이 볼 수 있다. 사랑하는 마음 덕분에 자동으로 '멋진 사람으로 보이는 안경'이 씌워지기 때문이다. 그런데 결혼하고 나서 3년, 5년, 10년이 지나면 안경이 흐릿해진다. 그뿐만 아니라 상대의 싫은 면이 눈에 들어오게 된다. 안타깝게도 우리는 행복보다 스트레스를 더 의식한다. 아마도 살아남기 위해 위기를 재빨리 알아차려야 하는 생존 본능 때문이리라.

이렇게 해서 과거에는 그렇게 눈에 잘 띄던 상대의 멋진 면이 행복에 익숙해짐에 따라 차츰 보이지 않게 된다.

부부 사이가 냉랭해지면 대개의 경우, 그 원인은 서로 변해서가 아니라 안경이 흐려져서가 아닐까 생각한다.

그러면 어떻게 하면 다시 멋진 사람으로 보이는 안경을 반짝반짝하게 닦아낼 수 있을까? 먼저 상대의 멋진 면을 보기로 결심하자. 그 다짐을 잊지 않기 위해 행복을 실감하던 시절에 찍은 두 사람의 사진을 침실과 거실에 장식해놓는다. 첫 데이트 때 찍은 사진이나 결혼식 사진 같은 것 말이다. 기념일만이 아니라 평범한 일상 속에서 두 사람이 활짝 웃으며 찍은 사진도 좋을 것이다. 바꿔 말하면 행복의 기준이 말도 못하게 낮았던 시절의 사진을 걸어두라는 말이다.

과거의 나라면 어땠을까?

단, 반드시 두 사람이 함께 찍은 사진으로 할 것. 그 사진을 볼 때마다 과거의 내가 현재의 나를 빤히 쳐다본다. 그러면 어쩐 일인지 과거의 나에게 야단맞는 기분이 든다. 별것도 아닌 일로 상대에게 화를 내거나 싸우게 되었을 때는 특히 그렇다.

'있잖아, 이 사진 찍었을 때는 이렇게 행복했는데, 그치?'

'결혼한 것만으로도 하늘을 날 듯 행복하지 않았어?'

'그래놓고 오늘 너는 그 사람한테 어떻게 했어?'

이런 반성을 하고 나면 '멋진 사람으로 보이는 안경'이 다시 깨끗해진다. 그리고 상대가 평소에 얼마나 자신을 행복하게 해주었는지도 새삼 자각하게 된다.

내가 아는 사람도 부인이 액자를 사왔기에 모처럼 결혼사진을 넣어서 거실에 장식했다고 한다. 피로연 때 찍은 사진으로, 두 사람 모두 행복의 절정에서 최고로 많이 웃던 때였다고 한다. 그 사진을 걸어둔 후로 어쩐지 부부 사이에 흐르는 공기가 조금씩 부드러워지면서 식어가던 사이가 다시 좋아졌다고 했다.

부부를 예로 들었는데 이것은 어떤 관계에서도 효과적이다. 부모, 연인, 친구, 동료…. 최근 들어 관계가 좀 소원해졌다는 생각이 든다면, 함께해서 좋았던 시절의 사진을 꼭 걸어놓기 바란다.

함께 지냈던 동안 떠올리기 싫은 기억도 분명히 있을 것이다. 하지만 그 기억에만 사로잡히면 인생은 후진 기어를 넣은 채 달리게 된다. 상대와 함께 더 풍요로운 행복을 누리고 싶다면 상대의 멋진 일면을 더 많이 음미하자. 상기하고 실감해보자. 상대가 내 마음 반경 3미터에 있는 한, 그렇게 내 마음대로 느껴보는 것도 좋지 않을까 생각한다. 그것이 인생을 행복이 있는 곳으로 움직여주니까.

그리고 '멋진 사람으로 보이는 안경'을 다시 반짝반짝하게 닦아서 쓰자. 그렇게 해서 평소 주변 사람들이 얼마나 행복하게 해주었는지를 자각하고 그 사람들에게 감사할 수 있으면 그 느낌은 통째로 자신에게 투영된다. 즉 뭔가 대단한 일을 하지 않아도 상대를 웃게 할 수 있다고 믿게 된다는 말이다.

그런 상태에서는 '난 안 돼'라고 의기소침해질 때보다 상대를 더 웃게 할 수 있다. 한 장의 사진에서 작은 행복의 실감과 감사, 그리고 자신감이 연쇄적으로 발생한다.

소중한 사람을 정말 소중히 대하고 있는가?

반경 3미터를 행복으로 가득 채운다는 것은 극적인 변화가 일어난다기보다 이렇게 매일 조금씩 실현되는 것이다.

보이지 않는 데서 하는 칭찬이 더 효과적이다

소중한 사람을 웃게 하기 위해 또 하나 추천하고 싶은 것이 '보이지 않는 데서 하는 칭찬'이다. 험담이 다른 사람의 입을 통해 본인 귀에 들어가듯, 칭찬의 말도 다른 사람의 입을 통해 본인의 귀에 들어가게 되어 있다. 게다가 다른 사람을 통해 칭찬을 들으면 직접 들을 때보다 훨씬 더 기쁘다.

이는 장난감 박물관을 경영하는 기타하라 데루히사 씨에게 배운 것이다.

"고이치, 보이지 않는 칭찬은 굉장히 중요해. 가령 내가 회사 사장이라고 치고 아르바이트를 하는 A와 B가 있다고 하면, A 앞에서는 B를 칭찬하고 B 앞에서는 A를 칭찬하는 거지. 그러면 두 사람이 얘기를 나누다 '사장님이 네가 아주 괜찮은 친구라고 말하더라' '정말? 난 사장님한테 네 이런 점이 참 뛰어나다고 들었는데'라는 대화가 오가게 되고, 두 사람 모두 내가 직접 칭찬했을 때보다 훨씬 더 행복해지는 거지."

일리 있는 말이라고 생각한 나는 그 후로 일부러 보이지 않는 데서 칭찬을 하게 되었다. 여러분도 상상해보라. 가령 남편 친구와 만났는데 그가 "부인이 참 현명하고 지혜롭다고 저 녀석이 늘 자랑하더군요"라고 했다면 그 말을 들은 부인은 어떨까? '속으로 날 그렇게 생각하고 있었구나' 하고 기분이 좋아지지 않을까? 회사 상사에게 "열심히 일한다면서? ○○ 과장에게 늘 듣고 있어"라는 말을 들으면 더 열심히 일할 의욕이 날 것이다.

칭찬을 직접 듣는 것도 기쁘지만 다른 사람의 입을 통해 들으면 그 기쁨은 배가된다. 소중한 사람에게도 그러한 기쁨을 느끼게 할 수 있다면 얼마나 좋을까! 그러니 직접 감사의 마음을 전하면서 동시에 주변 사람들에게 소중한 사람을 칭찬해보자. 여러분이 날마다 느끼는 감사의 마음을 다른 사람의 입을 통해 전해보자. 그렇게만 해도 반경 3미터를 웃음으로 가득 채울 수 있을 것이다.

반경 3미터를
행복으로 채운다

Chapter 5.

이해와 애정은
같은 말이 아니다

소중한 사람을 웃게 하고 싶지만 상대를 기쁘게 하려면
어떻게 해야 할지 모르겠다고 고민하는 사람이 많은 것
같다. 그리고 자책한다. 상대에 대해 잘 아는 것이 없다
면서. 하지만 자책하지 않아도 된다. 왜냐하면 상대는 나
와 다른 인격체라서, 아무리 사랑해도 모르는 면이 있는
것이 당연하기 때문이다. 이것은 양쪽 모두에게 해당되
는 말이다.

어린 시절을 떠올려보면 이해하기 쉬울지도 모른다. 나에게는 두 살짜리 딸이 있다. 이제 겨우 말을 배우기 시작한 터라, 딸아이와의 의사소통은 여전히 불안한 상태다. 칭얼대고 울어도 뭘 어떻게 해줘야 할지 모를 때가 많다. 그렇다고 내가 딸을 사랑하지 않느냐고 하면 물론 아니다. 그 무엇과도 바꿀 수 없을 만큼 사랑한다. 단지 딸이 무엇을 요구하는지 이따금 알지 못할 뿐이다. 그렇다고 해서 딸에 대한 애정의 깊이가 달라지는 것은 아니다.

이것은 소중한 사람과의 사이에도 해당되는 말이다. 이해의 깊이가 애정의 깊이와 같은 건 아니라는 뜻이다. 이 점을 헤아리지 못하면 상대의 행동을 이해하지 못할 때, 나는 저 사람에 대한 애정이 없다고 오해할 수 있다. 혹은 반대로 상대가 자신을 이해하지 못할 때, 저 사람은 나에 대한 애정이 없다고 오해하게 된다.

실은 그렇지 않다. 그저 상대가 어떻게 하면 기뻐할지 내가 잘 모르는 것뿐이다. 어떻게 하면 내가 기뻐할지 상대가 잘 모르는 것뿐이다. 내 잘못도, 상대방의 잘못도 아니다.

중요한 것은 거기서 서로 이해하는 관계를 만들어가려는 자세다. 상대를 이해하지 못한다면 이해하려고 노력하면 되고, 상대가 나를 이해해주지 않는다고 느낀다면 나를 이해할 수 있게 노력하면 되는 것이다.

여태까지 누차 말했듯이 반경 3미터 안에 있는 사람들을 행복하게 하려면 내가 주변 사람들 덕분에 얼마나 행복했는지를 먼저 자각해야 한다. 그래야 내가 사람들을 얼마나 행복하게 해줄 수 있는가도 자각할 수 있다.

그런데 여기에 '사랑하면 이해하는 게 당연하다'라는 오해가 더해지면 이 행복의 선순환에 균열이 생긴다. 애정의 깊이는 이해의 깊이가 아니다. 즉 애정의 깊이는 설령 서로가 이해하지 못하는 부분이 있어도 흔들리지 않는 것이다. 이것이 전제되어야 서로가 더 깊이 이해할 수 있는 기회도 만들 수 있다. 그래야 반경 3미터를 웃음으로 가득 채울 수 있다.

마음이 불편한
진짜 이유는 무엇이었을까?

그러면 어떻게 하면 상대를 더 깊이 이해할 수 있을까? 여기에는 몇 가지 방법이 있다. 다만 그전에 먼저 자신을 어떻게 대하고 있는지를 알아야 한다. 자기 자신을 얼마나 이해하고 있는가? 그걸 알아야 상대에 대한 이해도도 높아지고 더 웃을 수 있게 되는 것이다.

가령 소중한 사람과 있는데도 왠지 모르게 마음 한 구석이 불편한 적이 있다고 하자. 마음이 불편했던 원인은 무엇인가? 분노인가? 외로움인가? 아니면 질투심인가? 어떤 감정이 불편함을 일으켰는지를 생각해보면 내 감정의 흐름을 알게 될 것이다.

가령 내가 마음이 불편했던 이유는 외로워서인 걸 깨달았다고 하자. 그러면 먼저 스스로의 기분을 알아차리고 보듬어주기 바란다. 나를 이해해주지 않는 상대방을 탓하며 이해를 구하는 게 아니라 자기 자신에게 '그래, 외로웠구나'라고 공감해주라는 말이다.

가령 견디기 힘든 일에 직면했을 때 인내심을 발휘해 참아냈다면 '잘 참았구나'라고 격려해주고, 사회적 가면을 쓰고 다니느라 무리했다면 '오늘 힘들었지? 더 이상 그렇게까지는 안 해도 돼'라고 안심시켜주기를 바란다.

그러면 반대로 상대가 어딘가 언짢은 표정을 지을 때 '아, 혹시 서운해서 저러나?'라고 짐작해볼 수도 있다. 자기 감정의 움직임을 이해하면 상대방 감정의 움직임에 대한 이해도도 깊어진다. 그렇지 않으면 상대에게 '뭐야, 혼자서 뭐하자는 거야?'라고 짜증을 내게 되고, 서로의 몰이해로 생긴 거리는 영원히 좁혀지지 않을 것이다.

애정의 깊이는 이해의 깊이가 아니다. 하지만 이러한 몰이해로 인해 자꾸만 엇갈리게 되면, 결과적으로 애정에 균열이 일어날 수도 있다. 아무리 서로 사랑한다 한들, 인간은 각기 다르기 때문에 마음이 불편해지는 포인트도 다를 수 있다. 그렇지만 '아, 혹시 외로운가'라고 짐작해보는 것은 적어도 '이렇게 마음이 불편해지는 이면에는 어떤 원인이 있을 것이다'라고 상대를 헤아리는 단서가 된다. 자신의 짐작이 맞든 맞지 않든 그것이 상대를 더 깊이 이해하고 더 잘해주는 계기가 된다는 뜻이다.

　게다가 감정을 억제하면 상대 안에서 똑같은 감정이 크게 자라나서 부딪히는 경우도 있다. 가령 남편이 외롭다는 기분을 감춘 채 바쁘게 일한다면, 부인은 점점 더 크게 외로움을 느끼고 '너무 외로워' '같이 있어줘' 하고 감정의 총알을 마구 날리게 된다. 이미 외로움을 느끼고 있는 남편이 그런 총알 세례를 받으면 부딪치고 싶지 않아서 더욱 거리를 두게 되고 불화가 생기게 될 것이다. 이 또한 애정의 깊이와 관계없이 서로의 이해 부족으로 인해 행복이 깨지는 패턴이다. 그런 의미에서도 감정의 재고 조사는 매우 중요하다.

행복의 롤모델을
찾아서

소중한 사람을 행복하게 만들어주는 구체적인 방법을 모르는 건 나 자신이 나쁘다거나 열등해서가 아니라 단순히 그 방법을 알지 못해서 그런 것뿐이다. '나도 저렇게 되고 싶다'라는 생각이 드는 롤모델을 찾아서 참고해보는 것도 추천한다.

사랑하지만 잘 이해하지 못하겠다는 말은, 말하자면 외국어를 하려는데 어휘력이 부족하다는 말이나 진배없다. 외국으로 건너가 홈스테이를 하면서 그 나라의 언어를 배우듯이 롤모델이 될 만한 사람과 자주 접하며 그 방법을 배우면 도움이 된다.

실생활에서 쉽게 접할 수 있는 사람을 롤모델로 삼아도 좋고, 동경하는 사람의 SNS나 블로그에서 배우는 것도 좋다.

"인터넷상에는 좋은 말밖에 쓰여 있지 않잖아요?"라고 말할지도 모르지만 상관없다. 이 세상에 진정한 내 모습을 전부 다 드러내놓는 사람은 없으니까. 그러니 좋은 점만 보고 배우면 되는 것이다.

마음만 먹으면 귀감이 될 만한 사람은 어디서든 찾을 수 있다. 가령 '미소로 사람들을 대하고 싶다'라고 생각한다면 매장에서 고객을 응대하는 점원들도 좋은 모범이 될 것이다. 물론 점원은 업무상 필요해서 웃을 뿐이지만 그 웃음이 친근하고 따뜻하게 느껴진다면 충분히 참고할 만하다.

내 경우는 과거 신주쿠의 아라키쵸에 있던 '사과 인연'이라는 전설의 프렌치 레스토랑을 경영하던 멋진 부부가 귀감이 되었다. 서른여섯에 결혼한 나는 당시 전혀 가정적이라고 할 수 없는 남편이었다. 아내를 당연히 사랑하지만 사소한 일로 자주 다투곤 했다.

그 레스토랑과는 업무상 연관이 있어 수시로 출근 도장을 찍었는데, 아내와 부부 싸움을 하고 나서 찾아간 적도 적지 않다. 영업시간이 끝나고 나면 주인 부부와 얼굴을 맞대고 수다를 떨다가 자연히 부부간의 고민을 털어놓는다.

"이런 일로 싸우게 됐는데 아내가 왜 화를 내는지 통 모르겠어…" 하고 내가 한탄하면 부부가 아내의 기분을 대변해주었다. "아내는 이런 점을 알고 싶었던 거 아닐까?" "이런 부분이 마음에 들지 않았다는 말이야" "사실은 이렇게 말하고 싶었던 거 같아" 하고 말이다.

이 부부의 말을 듣고 나면 마치 외국어가 일본어로 번역되어 귀에 들어오듯이 아내의 기분을 이해할 수 있었다. 덕분에 식당에 갈 때는 무거웠던 마음이 한결 가벼워졌고, 차츰 아내의 기분을 이해하는 날들이 늘어났다. 내게는 그 식당의 부부가 '우리 부부 사이가 원만해지는 비결' '아내를 웃게 하는 요령'을 배울 수 있는 롤모델이었던 것이다.

행복의 기운은
전파력이 강하다

행복한 사람일수록 큰 소리로 행복하다고 내세우지 않는다. 주위를 조금만 둘러봐도 여기저기 행복한 사람이 곳곳에 숨어 있다.

"저 사람은 늘 즐거운 듯이 일해. 분명 동료와의 관계도 원만하겠지."

"그 부부는 늘 행복해 보여. 틀림없이 서로를 존중하겠지."

이렇게 '동료를 웃게 해주고 싶다' '가족을 웃게 해주고 싶다' 등등 내가 행복하게 해주고 싶은 욕구에 답해줄 만한 롤모델을 찾아보라. 그런 사람을 어디서 쉽게 찾을 수 있을까 하겠지만 먼저 멋진 나 자신이 될 수 있게 허락한다면 반드시 찾을 수 있다. 누구나 필요한 순간에, 필요한 것이 나타나게 되어 있다.

그리고 찾았다면 꼭 다가가서 그 사람이 뿜어내는 기운을 힘껏 들이마셔라. '주변 사람을 행복하게 만들어주는 느낌'은 반드시 전염되므로 이렇게만 해도 절대적인 효과를 얻을 수 있다.

세상에는 분명, 큰 노력 없이도 선천적으로 소중한 사람을 웃게 만드는 사람도 있다. 그런 사람을 보면 괜히 힘이 빠지겠지만 괜찮다. 내가 그랬던 것처럼, 다른 사람을 행복하게 만들어준 사람과 친하게 지내면 그 방법을 자연스럽게 배우게 될 테니 말이다.

첫 번째는
나를 행복하게
해주는 것

다른 사람을 웃게 하려면 먼저 나부터 웃어야 한다. 이미 몇 번이나 강조했지만 이 대전제가 굉장히 중요하다. 그 일환으로서 지금의 나를 행복하게 만드는 것은 무엇인지 생각해보는 것도 중요하다.

　인간이란 뜻밖에도, 소중한 사람을 행복하게 하는 방법만큼이나 자기 자신을 행복하게 하는 방법을 잘 알지 못한다. 나는 자주 "오로지 내 기분을 좋게 만드는 '이상

적인 한 주간'을 적어보자"라고 말하는데 대부분의 사람
이 그 말을 듣는 순간 멈칫하게 된다. 여러분도 한번 생
각해보라. 지금보다 좀 더 자유롭고, 좀 더 많이 웃었던
때는 언제인가?

오직 나 자신을 위해 시간을 쓴다

나는 20대 시절 색소폰을 배웠다. 그러다 아버지 회사를
다시 일으켜 세우는 일로 바빠서 그만두었다가 예전 선
생님과 페이스북에서 2년 전 다시 만났다. 이를 계기로
색소폰에 대한 열정이 불타올라 다시 배우기 시작했다.

어느 날 레슨을 마친 후, 선생님이 이런 제안을 했다.

"우리 가사이임해에 다시 가볼까?"

가사이임해 공원은 옛날 색소폰을 배우던 시절, 한데
어울려 불꽃놀이를 하거나 이야기를 나누던 추억의 장
소다. 우리는 그곳에서 옛날을 회상하며 오래 묵은 수

다를 떨었다. 같이 사진도 찍으며 시간을 보내다가 "다음 주에 봐~!" 하고 경쾌하게 인사한 후 각자 집으로 향했다.

특별히 뭔가를 하진 않았지만 어쩐지 여유작작하던 20대의 청춘 시절이 떠올라 마음이 따뜻해졌다. 그리고 집에 돌아온 후, 평소보다 가족에게 잘해주게 되었다. 단순하지 않은가? 하지만 그럴 때도 있다고 생각한다.

이는 우연히 일어난 일이었으나 여러분도 과거 자유로웠던 시절을 의도적으로 체험해보면 좋을 것 같다. 자신을 위해 지금보다 더 많은 시간을 쓸 수 있던 시절이 누구나 있었을 것이다. 그때의 나라면 무엇을 할지 상상해보라. 일을 해야 한다거나 가족을 보살펴야 한다거나, 그런 일과로부터 거리를 두고 오로지 자신만을 위해 온전히 시간을 써보라. 단 한 시간이라도 괜찮다. 이렇게만 해도 분명히 소중한 사람을 대하는 태도가 한층 부드러워질 것이다.

하고 싶지 않은 일을
리스트로 작성해보자

어떻게 하면 행복해질 수 있을지 떠올려보니 어떤가? 지금보다 자유로웠던 시절을 생각하면 많은 일들이 주마등처럼 스쳐가는 사람도 있을 테고, 아무것도 떠오르는 게 없는 사람도 있을 것이다.

그렇다면 이번엔 반대로 '하고 싶지 않은 일'을 적어보는 것을 추천한다. 잘 못하는 일, 하기는 싫지만 매일 해야 하는 일 같은 것 말이다. 이거라면 누구나 쉽게 기록

할 수 있을 것이다.

단, '그만두고 싶은 것'이란 전제로 떠올려서는 안 된다. 그러면 '이건 그만둘 수 없는데…'라며 자꾸 멈칫하게 되어 자유롭게 적지 못한다.

무언가를 그만두려고 적는 것이 아니다. 내가 싫어하는 일을 자각하기 위해 적는 것이다. 그럼에도 하기 싫은 일, 잘 못하는 일을 참으며 견디는 자신을 힘껏 칭찬해주어라.

"나 좀 대단한데?"

머리가 아니라 가슴에 울릴 수 있게 중얼거리는 것이 포인트다.

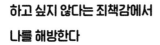

하고 싶지 않다는 죄책감에서 나를 해방한다

그러면 자기 자신을 괴롭히던 사람도 인정할 수 있게 된다. 그렇게 되면 신기하게도 '하고 싶지 않은 일을 더는 하지 않아도 되는 현실'을 맞이하게 된다. 이게 무슨 말도 안 되는 소리인가 싶을 것이다. 하지만 사실이다. 인간은 좋든 나쁘든 자신의 기분이 더 강화되는 쪽으로 행동한다. 다음과 같은 행동 패턴이라고 볼 수 있다.

- 마음속 깊은 곳에서 어떤 일을 '하기 싫다'고 생각하며 계속한다

- 무의식중에 그 '하기 싫다'는 기분을 더 느낄 만한 행동을 한다

- '하기 싫다'고 생각하는 행동을 그만두지 못한다

하지만

- 마음속 깊은 곳에서 '하기 싫다'고 생각하며 하고 있는 일이 뭔지 자각한다

- '그럼에도 하는 내가 기특하지 않아?'라고 칭찬한다

- 자기 자신을 인정할 수 있게 된다

- 행복지수가 한 단계 올라간다

- 무의식중에 그 행복을 더 느낄 수 있게 승인한다

- '하기 싫다'고 생각했던 일을 그만두게 허락한다

이렇게 기분의 출발점을 '행복'으로 정하면 결과적으로 '하기 싫은 일'을 하지 않아도 되는 상황을 만들 수 있다. 가령 청소가 하기 싫다고 하자. 그럼에도 청소하는 자신을 '기특한데?'라고 인정해주면 생각이 자연스레 '청소 도우미를 정기적으로 불러볼까?'라고도 흘러갈 수 있다.

그러니 이런 메커니즘이 작동할 수 있게 먼저 '하고 싶지 않은 일'을 적어보라. 일단 부정적인 면에 시선을 돌리면 그 결과, 긍정적인 변화를 불러일으킬 수 있다. 참 신기하게도 인간이란 그게 가능한 모양이다.

　　그러고 나면 자신을 행복하게 하는 방법도 쉽게 생각난다. 그렇게 해서 나 자신이 행복감으로 가득 차면 그것이 반드시 소중한 사람에게도 전파된다. 궁극적으로는 자신이 행복해지면 소중한 사람도 행복해진다. 자기 자신을 기분 좋게 만드는 달인이 될수록 소중한 사람을 기분 좋게 만들 수 있는 것이다.

소중한 사람과 '사용설명서'를 교환한다

행복하다고 느끼는 기준은 저마다 다르다. 상대가 해주 길 바라는 것 중에도 자신이 할 수 있는 것과 할 수 없는 것이 있다. 이 또한 당연하다. 그러니 상대가 무엇을 좋 아하는지 물어보고, 내가 흔쾌히 해줄 수 있는 게 무엇인 지도 전하자. 다시 말해 서로 '사용설명서'를 교환하자는 말이다. 사용설명서는 단도직입적으로 물어보는 것이 가 장 손쉬운 방법이다.

작가이자 친구인 이누카이 터보는 결혼 후 15년이 넘게 애정 넘치는 부부 관계를 유지하고 있는데 "이렇게 해줬으면 좋겠어" "이렇게는 안 했으면 좋겠어" 하고 서로서로 알려주는 것이 원만한 부부 관계의 비결이라고 한다. 이걸 참고삼아 여러분의 배우자에게 "당신은 내가 어떤 걸 해줄 때 사랑받는다고 느껴?" "어떤 순간에 내가 당신을 소중히 여긴다고 느껴?"라고 물어보면 좋을 것 같다.

다만 동료와 친구에게 뜬금없이 묻기가 어려운 경우에는 SNS에 올린 글을 참고하는 것도 한 방법이다. 아니면, 무심코 주고받는 대화에서도 무엇을 좋아하고 싫어하는지 알 수 있다. "걔는 이런 걸 해주면 아주 좋아해"라고 다른 친구에게 사용설명서를 얻는 방법도 추천한다.

한편, 내가 기꺼이 할 수 있는 범위를 분명하게 자각해두는 것도 중요하다. 좋은지 나쁜지 절대로 판단하지 말고 자신의 사용설명서를 100퍼센트 존중하라. 그게 가능하면 소중한 사람의 사용설명서도 이러니저러니 따지지 않고 100퍼센트 존중할 수 있다. 실제로 상대의 기대에 부응할 수 있느냐 아니냐와는 별개로.

자신의 사용설명서를 알지 못하면 상대가 뭘 좋아하는지도 모른 채 무작정 웃게 하려고 애쓰다가 무리가 와서 힘들어지게 된다. 물론 실제로 해보지 않으면 모르는 게 있는 것도 사실이다. 디즈니랜드에 있는 놀이기구도 전부 타보지 않으면 어느 놀이기구가 재미있는지 알지 못하는 것처럼 말이다.

가령 소중한 사람이 당신에게 "이런 거 해줬으면 좋겠어"라는 경우도 그러하다. 그게 무슨 일이든 지금까지 해본 적 없는 일이라면 실제로 해보기 전까지는 그게 기꺼이 할 만한 일인지 알 수가 없다는 말이다. 그러니 덮어놓고 싫다고 하지 말고, 일단 상대가 하는 말에 응해보는 것도 나쁘지 않다.

그리고 만약 썩 내키지 않는다는 생각이 들면 "미안, 이 일은 자신이 없어"라고 솔직하게 말하자. 억지로 계속하려다 보면 결국 자기희생 의식의 악순환에 빠지게 된다.

소중한 사람의 부탁을 기꺼이 들어주지 못한다고 자

신을 탓할 필요도 없다. 사람마다 잘하는 게 있고 못하는 게 있기 마련이다. 아무리 소중한 사람이 한 부탁이라도 못하는 건 못하는 것이다. 이 점을 분명하게 인지한 후, 상대에게도 그 뜻을 전하면 소중한 사람을 웃게 할 다른 방법을 반드시 찾을 수 있을 것이다.

▶ 기꺼이 해줄 수 있는 것과 그렇지 못한 것은 무엇인가?

내가 기꺼이 해낼 수 있는 범위에는 '내 마음이 편한 거리감'까지 포함된다. 내 지인은 가족을 몹시 사랑해 진심으로 그들을 웃게 만들고 싶지만, 온종일 함께 지내기는 힘들다고 솔직히 털어놓았다. 이는 그가 차가운 사람이어서가 아니라 마음 편하다고 느끼는 거리감이 다른 사람들과 다르기 때문이다. 소중한 사람과 늘 함께 있고 싶은 사람, 제한된 시간을 농밀하게 보내고 싶은 사람, 다 감각이 다를 뿐이지 애정의 깊이가 다른 것은 아니다.

　친구도 마찬가지다. 소중한 친구와는 무엇이든 공유하고 싶다는 사람이 있는가 하면 그렇지 않은 사람도 있다. 이 또한 마음 편한 친구 관계에 대한 감각이 그저 다른 것뿐이다. 그래서 가령 소중한 사람과 마음 편한 거리감이 다른 경우는 타협점을 찾는 것도 중요하다.

　아내는 남편과 되도록 늘 함께 있고 싶은데 남편은 그렇지 않은 경우처럼 말이다. 서로 간의 감각 차이를 알지 못하면 아내는 '내가 이렇게 좋아하는데 그 사람은 나한테 너무 차가워'라고 생각할 수도 있고, 남편은 '좋아하긴 하지만 때때로 숨이 막혀'라고 생각할 수도 있다. 그러다 서서히 부부 사이가 멀어지기 쉽다. 감각의 차이는 애정의 깊이와는 전혀 다른 것이건만, 참으로 안타까운 일이다.

　물론 부모, 동료와 친구 등 모든 소중한 사람들과의 관계에서도 비슷한 상황이 벌어진다. 부모와 그다지 사이가 좋지 않던 사람이 부모와 떨어져 살자마자 관계가 좋아졌다는 얘기도 자주 듣는다. 그런 의미에서 역시 커뮤니케이션은 중요하다. 서로 어느 정도의 거리감을 두어야 편안하게 느낄까? 이 또한 사용설명서의 일종이라고 할 수 있다.

요컨대 서로 간에 커뮤니케이션을 하고 사용설명서를 교환하는 사이에 거리감도 알맞게 조정되는 것이다. 남편과 늘 함께 있기를 바라는 아내, 그렇지 않은 남편을 예로 들자면 사용설명서를 교환함으로써 아내는 남편에게 "오늘 함께 있어줘서 고마워"라고 감사하고, 남편은 아내에게 "오늘 혼자만의 시간을 줘서 고마워"라고 하게 될 것이다.

이렇게 서로 감사하는 마음이 생기면 '좀 더 상대에게 맞춰줄까?' 하는 기분이 들 수도 있다. 그 결과, 남편의 마음이 바뀌어 둘 사이의 거리가 좀 더 좁혀질지도 모른다.

앞서 '이해하지 못하는 면이 있어도 애정의 깊이는 흔들리지 않는다'라고 말했는데, 사용설명서를 교환하는 것 또한 '애정의 깊이는 흔들리지 않는다'라는 전제하에서, 서로 더 깊게 이해할 수 있는 관계를 맺는다는 뜻이다.

가치관은
억지로 강요하지 말 것

소중한 사람을 행복하게 해준다고는 하지만 가치관은
저마다 다르다. 그 때문에 이혼하는 경우도 있다. 아무리
부부라 해도 똑같은 가치관을 갖기란 거의 불가능하지
않을까? 피를 나눈 부모 자식 간에도 가치관은 서로 다
르다. 그렇다면 원래 타인인 부부, 동료, 친구 간에 가치
관이 다른 것은 너무 당연하다.

그런데 소중한 상대를 행복하게 해주고 싶은 나머지,

자신이 믿는 가치관으로 상대를 바꾸려 한다. 이 또한 '타인을 위해서'를 우선할 때 빠지기 쉬운 함정이다.

이해를 돕기 위해 긍정적인 사고와 부정적인 사고를 예로 들어 설명해보겠다. 긍정적으로 사고하는 사람은 긍정적으로 살면 행복해질 수 있다고 믿는다. 그래서 부정적인 사고를 가진 사람이 어떻게든 긍정적으로 사고하도록 바꾸려고 한다. '세상의 좋은 면을 보려고 해야지' '부정적으로 보이는 사건에도 의미가 있다고 생각해보라'며 사사건건 긍정적인 사고를 주입하려 한다.

그렇게 하면 할수록 역효과가 나기 쉽다. 긍정적으로 사고하는 사람은 '기껏 가르쳐줬더니'라고 생각할 테고, 부정적인 사고의 사람은 '왜 자기 생각을 나한테 강요하지?'라고 생각할 테니 서로 좋을 게 없다.

가치관은 동아리 활동 같은 것이라고 생각해보면 어떨까. 동아리라고 하면, 산악부도 있고 축구부도 있고 밴드부도 있다. 각자 자기의 동아리 활동에 매진할 뿐이지 다른 동아리 활동을 하는 사람에게 억지로 권유할 필요가 없다. 산악부원은 축구부원에게 "산에 오르면 얼마나 뿌듯한지 알아?"라고 말하지 않으며 축구부원도 밴드부원에게 "운동은 하고 살아야지"라고 말하지 않는다.

　이와 마찬가지다. 그런데도 인생 문제에 관해서는 어쩐 일인지 많은 사람들이 자신이 사는 방식대로 살라고 충고한다. 하지만 각자가 '긍정부'와 '부정부'라는 전혀 다른 동아리 활동을 하고 있다고 생각하고 억지로 권유하지 않는 게 좋다.

이해는 하지 못해도 존중은 할 수 있다

긍정적 사고와 부정적 사고를 예로 들었는데, 모든 가치관에도 똑같은 예를 적용할 수 있다. 어떻게 살고 싶은지는 사람마다 다르다. 이 점을 먼저 이해할 필요가 있다. 그 사람의 인생에 비추어 생각해보면, 더 이해하기 쉬울지 모른다. '여태까지 쭉 그렇게 살아왔으니 그런 가치관을 갖고 사는 게 더 편하겠지'랄까. 만약 상대가 이쪽 가치관에 흥미를 나타내면 그때는 최선을 다해 가르쳐주면 될 일이다.

물론 그 반대의 패턴도 있을 수 있다. 가령 긍정부에 소속된 사람이라도 때로는 의기소침해질 때가 있다. 그럴 때는 부정부에 속한 사람이 불만을 들어주거나 깜짝 놀랄 정도로 적확하게 위로해주는 경우도 있을 것이다.

어쨌든 상대는 자신이 살고 싶은 대로 살고 있는 것뿐이니 함부로 판단하지 말 것. 삶이란 동아리 활동을 하는 것과 같다. 남편이 등산을 간다고 하면 설령 이해하지 못한다고 해도 "당신은 그게 좋은 거구나"라고 웃으며 보내주자. 상대를 바꾸려 하지 말고 그저 존중하라는 말이다. 이 또한 상대를 행복하게 만드는 길이라고 생각한다.

돈으로
소중한 사람을
웃게 할 수 있을까?

때로는 소중한 사람을 위해 돈을 쓰고 싶을 때도 있을 것
이다. 그때 한 가지 주의해야 할 점이 있다. '그 돈으로 정
말 상대를 행복하게 할 수 있는가?'라는 점이다. 똑같이
소중한 사람을 위해 쓰는 돈이라도 어떻게 쓰느냐에 따
라 기쁘게 쓰일 수도 있고 슬프게 쓰일 수도 있다.

　돈을 기쁘게 쓸 때는, 말할 것도 없이 소중한 사람이
행복해지게 쓰는 순간이다. 그러니 기왕 돈을 쓸 바에는

소중한 사람이 웃을 수 있게 돈을 쓰자. 가령 상대의 생일에 좋은 식당에서 식사를 대접한다거나, 상대가 함박웃는 모습을 떠올리며 선물을 사는 것은 돈을 기쁘게 쓸 때다. 자기가 가고 싶은 식당보다 아이가 가고 싶어 하는 식당에서 식사하며 아이가 "맛있어" 하고 웃는다면 이만큼 기쁘게 돈을 쓰는 때가 있을까.

그러면 돈이 슬프게 쓰일 때는 어떤 경우인가? 가령 가족 중에 낭비벽으로 빚을 진 사람이 있다고 하자. 소중한 가족이기에 힘닿는 대로 도와주고 싶을 것이다. 하지만 과연 그것이 최선책일까?

빚을 지고도 돈을 생각 없이 쓰는 사람 중에는 돈보다 애정을 갈구하는 경우가 많다. '사랑한다면 도와주겠지'라는 사고회로가 작동하는, 말하자면 '애정의 증거'로 돈을 갈구하는 것이다. 이런 사람은 돈이 생길수록 더 큰 문제에 빠진다. 돈이 수중에 충분히 있으면 돈이라는 애정의 증거를 얻지 못하기 때문이다. 그래서 돈이 부족한 상황을 만들어낸다. 이 상황에 빠지면 악순환이 끊임없이 반복된다.

반경 3미터를 행복으로 채운다

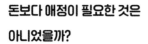 돈보다 애정이 필요한 것은
아니었을까?

나는 한때 번아웃증후군에 걸려 심하게 마음고생을 한 적이 있다. 그때 마음에 관해 열심히 공부했다. 트라우마를 안은 사람의 사고 흐름이나 거기에서 탈출하는 방법도 배웠는데, 그때 알게 된 것은 돈 문제가 있는 사람은 대부분 애정부족이라는 트라우마를 안고 있다는 사실이었다. 실제로 애정을 덜 받고 자랐는지 아닌지는 중요하지 않다. 진짜 문제는 본인이 '나는 사랑받지 못했다'라고 느끼는 데 있다.

이 이야기가 모든 사례에 해당된다고는 할 수 없다. 단, 돈을 갈구하는 사람 중에는 애정에 허덕이는 경우가 많다. 그렇다면 돈을 주기보다 애정을 표현하는 편이 그 사람이 행복해지는 길인지도 모른다.

빚을 대신 갚아주는 것이 아니라 속얘기를 진득하게 들어주거나, 함께 밥을 먹거나, 컨디션을 걱정해주는 식으로 말이다. 이렇게 해서 내가 너를 많이 아끼고 있다,

사랑한다는 마음을 표시하면 사랑받고 싶다는 마음의 빈 구멍이 어느 정도는 채워질 것이다.

이 돈을 주는 것이 정말로 상대를 위하는 것일지 생각해보는 것이 서로의 행복을 위해 굉장히 중요하다. 돈을 선뜻 내주는 것은 도리어 상대를 망치는 경우도 있기 때문이다. 더욱이 자신의 생활이 여유롭지 않은 와중에 돈 문제를 대신 해결해주게 되면 '내가 이만큼 희생했다'는 생각에 스스로 괴로워질 수 있다. 그러니 특히 돈이 관련된 일이 생겼다면 아주 신중하게 생각하고 결정하도록 하자. 조금이라도 의문이 들면 그만두는 편이 낫다.

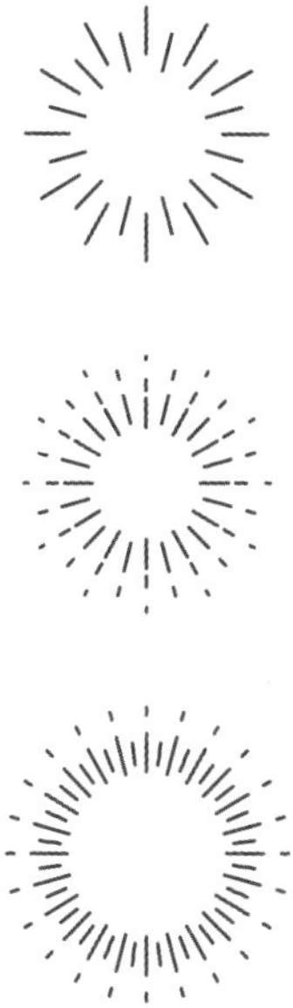

돈과 행복의
상관관계

Chapter 6.

마음 부자가
되는 것이
먼저다

소중한 사람을 행복하게 해준다고 하면, 경제력이 제일 먼저 떠오르는 사람이 적지 않을 것이다. 소중한 사람이 꿈과 목표를 가졌을 때, 자신이 경제적으로 풍요로우면 그것을 이룰 수 있게 지원해줄 수 있다. 그건 분명한 사실이다. 하지만 그보다 더 중요한 것이 있다. 바로 '마음의 부자'가 되는 것이다.

뻔한 말일지 모르지만 소중한 사람을 행복하게 해주

려면 무엇보다 내 마음이 풍요로워야 한다. 돈이 필요하지 않다는 뜻이 아니다. 돈을 다룰 때는 마음을 넉넉하게 가지라는 말을 하고 싶은 것이다.

실은 그런 마음의 부자가 되는 것이 결과적으로 행복한 부자가 되는 길이기도 하다. 단, 여기에선 그게 중요한 게 아니다. 돈을 받는다, 돈을 쓴다. 이 일상적인 행위에서 부정적인 감정을 일체 배제하고 감사와 기쁨으로만 가득 채우는 것이 웃음의 띠를 넓히는 길이다. 이 책의 핵심이라고 할 수 있는 이번 장에서는 그런 마음의 부자가 되기 위한, 돈을 다루는 법을 말하고자 한다.

앞서 이야기했듯이 나는 20대 전반에 호주를 여행하고 귀국 후에는 거액의 빚으로 도산 직전이던 아버지 회사의 재건을 도왔다. 갚아야 하는 액수는 8억 엔. 실로 엄청난 액수였으나 몇 년 만에 다 갚고 사업을 다시 궤도에 올려놓을 수 있었다.

회사를 다시 일으킨 일등공신은 홈페이지였다. 내가 호주를 여행하던 시절, 아직 일본에는 인터넷이 거의 보급되지 않았다. '@'을 '에이동그라미' '.'을 '작은 점'이라고 부르는 사람이 대부분이었으며 PC도, 인터넷도, 컴퓨터를 잘 아는 사람의 전매특허 같은 느낌이었다.

그런데 호주의 상황은 전혀 달랐다. 이미 인터넷 카페가 성행하고 있었고 젊고 세련된 사람들이 그곳을 이용했다. 그 모습이 굉장히 인상적이었던 터라 내심 '일본에도 곧 인터넷이 보급되겠구나'라고 생각했다.

그 후 귀국해보니 골프 회원권을 매매하던 아버지 회사의 빚이 무려 8억 엔으로 불어나 있었다. 회사를 복구하려면 홈페이지를 이용해 영업하는 게 가장 빠르다고 생각했다. 골프장 회원권은 대개 수천만 엔짜리 매물이다. 인터넷으로 그런 값비싼 물건을 사는 사람이 어디 있느냐며 회사 사람들 대부분이 반대했다. 나 자신도 반신반의했지만 막상 홈페이지를 개설하자 한 명, 또 한 명고객이 생겼다.

나는 그들에게 골프장 회원권을 팔면서 슬쩍 비즈니스 비결을 물었다. 그러자 다들 입을 모아 마케팅이 중요하다고 말했다. 비즈니스에 있어 마케팅은 상식이라고할 수 있으나, 당시 20대였던 나는 비즈니스에 관해 아는 바가 하나도 없었다. 그래서 이번에는 마케팅 관련 자료를 닥치는 대로 읽었다. 그리고 배운 것을 홈페이지에 반영하는 작업을 계속했다.

그 결과, 빚을 무사히 다 갚을 수 있었다. 그뿐만 아니라 전보다 규모가 더 커진 상태에서 사업을 다시 일으켜 세울 수 있었다.

나에게 '가벼운 불행감'이 찾아왔던 시기

그렇게 되자 비즈니스가 자동으로 술술 움직이게 되었고, 그렇게 열심히 일하지 않아도 안정적으로 돈이 들어오기 시작했다. 내가 일종의 번아웃에 걸린 것은 이때였다.

빚을 다 갚았다. 담보로 잡혀 있던 집의 저당권도 풀렸다. 좋아하는 외제차도, 꿈에서나 봤던 요트도 샀다. 언제든 기분이 내키면 항구에 정박해둔 요트를 타고 바닷바람을 느끼러 갈 수 있었다. 한마디로 말해 그 어떤 것에도 구애받지 않는 호화로운 삶이었다.

하지만 내 일상은 온통 회색빛이었다. 지금이야 내 곁에 소중한 사람이 있고 그들과 서로 웃을 수 있는 생활을 하고 있지만, 당시 독신이었던 나는 지금과 같은 삶은 상상조차 할 수 없었다. 영혼이 갉아 먹힌다는 게 이런 느낌인가 싶었다. 요트를 탄 나보다 항구에서 소박한 데이트를 하는 젊은 커플이 훨씬 행복해보였다.

어떤 것도 가로막는 게 없는데, 아니 어떤 것에도 구애받지 않아서 느끼는 '가벼운 불행감'. 배부른 고민이라고 여길지 모르지만 나만이 아니라 일정한 불로소득을 얻는 사람들이 곧잘 하는 고민인 모양이었다.

그 이유는 명확했다. 돈이 수중에 들어와도 세상에 도움이 된다는 실감을 하지 못해서다. 나는 누군가를 기쁘게 한 대가로 돈을 벌고 싶었다. 그런데 아버지 회사를 재건하고 나서는 그런 느낌을 전혀 받지 못했던 것이다.

모든 돈에는 감사하는
마음이 담겨 있다

아버지의 빚을 다 갚고 호화스러운 삶을 살 수 있게 되자
마자 나는 가벼운 불행감에 시달렸다. 그래서 홈페이지
를 활용한 마케팅을 가르치는 세미나 강사가 되기로 결
심했다. 세미나라면 바로 앞에 청중이 있고 내가 알려준
것을 실천한 결과도 바로 전해 들을 수 있다. 이거라면
누군가에게 어떤 의미 있는 일을 한 대가로 돈을 번다는
걸 실감할 수 있으리라 생각했다. 단, 그러려면 아무래도
극복하지 않으면 안 되는 벽이 있었다.

당시 나는 불로소득으로 돈을 벌고 얻었다. 그런 내가
홈페이지를 활용한 마케팅을 가르치다니 '이거 좀 꼴사
나운데'라는 생각이 든 것이다. 고객 중에는 앞으로 샐러
리맨을 그만두고 창업을 하겠다는 사람도 있을 것이다.

안정된 수입을 버리고 새로 시작하려는 사람에게 마
케팅을 가르치려 하면서 정작 나 자신은 안정된 수입을
마구 벌어들이다니. 나만 안전지대에 머물며 뭔가를 가

르친다는 사실이 조금 비겁하게 느껴졌다. 정말로 하고 싶은 일만으로 먹고살려면 지금의 수입을 버려야 하지 않을까….

그래서 나는 결심했다. 노숙자 체험을 해보기로! 생뚱맞은 발상이었으나 불로소득에 께름칙함을 느낀다면 한 번 빈털터리를 체험해보는 것도 나쁘지 않으리라 생각했다. 인간이 공포를 느끼는 것은 실상을 모르기 때문이다. 돈을 일절 쓰지 않는 노숙자 체험을 해본다면 빈털터리가 될지 모른다는 공포도 해소할 수 있지 않을까? 그런 막연한 생각으로 실천한 2박 3일간의 노숙자 체험.

아주 짧은 기간이었으나 막상 체험해보니 예상과 다르게 그럭저럭 살 만했다. 인근의 노숙자 친구들이 굉장히 친절해서 나름대로 잘 얻어먹고 다녔다. 배낭을 메고 캄보디아를 여행했을 때가 더 힘들었을 정도다.

이 체험으로 홀가분해진 나는 그 후에 세미나 강사로서 새롭게 출발했다. 예상대로 고객이 눈앞에 있으니 '누군가에게 의미 있는 일을 한 대가로 번 수입'을 실감하게 되었다. '이거야 이거! 이런 느낌이었구나'라는 충만함으로 가득 찼다.

　그러자 신기하게도 이런 생각이 들었다.

　'실은 이전부터 그래 오지 않았던가?'

　아버지 회사를 재건하고 나서 번 돈에도 고객의 '감사해하는 마음'이 확실히 들어 있었다고, 그제야 그런 생각이 들었다. 내 감각이 마비되었던 것뿐이다. 지금이나 옛날이나 번 돈은 누군가를 기쁘게 한 대가였는데 이제야 그것을 깨달은 것이다. 그러자 돈을 낸 사람에게도 감사의 마음이 솟아났다.

　돈을 받을 때, 돈을 낸 사람의 '감사해하는 마음'을 충분히 느낀다. 그렇게 함으로써 나도 그 사람에게 감사함을 느낀다. 내 경우 멀리 돌아오긴 했지만 이런 감성을 기르는 것이 무엇보다 중요하다고 생각한다. 감성이 둔해지면 성공해도 오래 가지 못하고 행복감도 잘 느끼지 못하기 때문이다. 과거에 내가 그랬던 것처럼.

　돈은 그냥 돈이 아니다. 돈의 진정한 가치는 돈을 통해 '감사해하는 마음'을 주고받는 데 있다. 그래서 나는 늘 감사한 마음으로 돈을 받고 감사한 마음으로 돈을 낸다.

돈은 누군가를
기쁘게 했다는 증거

여러분이 하는 일은 다른 사람을 행복하게 해주는 일인가? 이렇게 물었을 때 주저 없이 '네'라고 대답했다면 여러분은 참 행복한 사람이다. 하지만 '내가 하는 일은 별 볼 일 없는데…'라고 생각해도 괜찮다. 어떤 일을 한 대가로 돈을 번다는 것은 누군가에게 분명 작으나마 도움이 되었다는 증거이기 때문이다. 한 명도 예외 없이 말이다.

나도 앞에서 말했던 과정을 거친 이후로, 돈을 벌 때는 돈을 낸 사람이 기뻐하는 모습을 상상한다. 가령 책 인세가 들어왔을 때는 내가 얼굴도 모르는 어떤 낯선 사람이 내 책을 받아보고 기뻐하는 모습을 상상해본다. 그러면 그 사람이 기뻐하는 모습에 더하여 돈까지 들어오니 나는 참 행복한 사람이라는 생각이 절로 든다. 돈을 벌어서 감사하다, 그런데 기쁨까지 주다니 너무 행복하다는 생각에 가슴이 벅차다. 이것은 특정한 직업에만 국한된 것이 아니다. 어떤 일을 하든 마찬가지다.

받은 돈의 출처에 대해 한 번쯤 길게 상상해보기 바란다. 가령 소매점 직원이라면 어떨까? 월급은 고용주인 소매점에서 받을 것이다. 그러면 소매점은 그 월급을 어디서 마련할까? 상품과 서비스를 사주는 고객이 내는 돈에서 나온다. 고객이 돈을 낸 이유는 그 상품과 서비스가 필요했기 때문이다. 즉 기본적으로 사람은 자신의 행복과 기쁨을 위해 돈을 쓰는 것이다.

그렇다면 이제 이해했으리라. 소매점 직원이 받은 돈에도 돈을 낸 사람의 감사한 마음이 담겨 있다. 어떤 일이든 돈이 지나온 경로를 상상해보면 그 너머에는 반드시 누군가의 행복과 기쁨이 포함돼 있다. 설령 자신이 그 일을 좋아하지 않을지라도 그 일에 대가를 지불한 사람들은 분명히 그에 대한 고마움을 느낄 것이다.

그렇다고 싫어하는 일이 갑자기 좋아지지는 않을 것이다. 하지만 받은 돈에 고객의 감사한 마음이 담겨 있다고 생각하면 일하는 자세가 조금은 달라지지 않을까? 업무상 필요해서 웃었던 사람도 조금은 마음에서 우러나오는 미소를 짓게 되지 않을까? 그러면 고객이 행복해지고 그로 인해 여러분 자신도 더 행복해질 것이다.

돈이 지나온 경로를 상상해본다는 것은 바꿔 말하면 내가 하는 일이 사람들을 얼마나 행복해하게 할지를 상상해보라는 말이다. 그때, 누군가가 행복해하거나 기뻐하는 모습이 떠오른다면 그걸 가장 기뻐할 사람은 바로 당신이다. 따라서 그런 상상만 할 수 있다면 사람들이 행복해하는 모습을 실제로 볼 수 있는 방향으로 몸이 자연히 움직일 것이다.

돈과 감사의 마음은
한 세트다

이렇게 돈이 지나가는 경로를 상상해보면 자연히 자기 자신에게도 감사하는 마음이 생길 것이다. '돈을 벌어서 감사하다, 그런데 기쁨을 주기까지 하다니 너무 행복하다'라고 느끼게 되면 여러분의 마음이 감사함으로 가득 채워질 것이기 때문이다. 이 또한 반경 3미터를 웃게 하기 위해 중요한 요소다.

왜냐하면 돈과 감사의 마음을 한 세트로 생각하는 사람일수록 자신도, 주변도 웃게 한다는 공통점이 있기 때문이다. 돈을 지불한 사람의 감사한 마음을 충분히 느낌으로써 여러분도 받은 돈에 감사해하고, 나아가 돈을 쓸 때도 감사해하는 마음으로 쓸 수 있다. 그러니 상상력을 총동원하여 돈과 감사의 마음을 한 세트로 생각하자.

돈이 지나온 길에는
감사의 마음이 있다

돈에 대한 부정적 이미지가 사라지면 돈을 버는 것에도, 내는 것에도 부정적 감정이 사라질 수 있다. 감사하는 마음으로 벌고, 감사하는 마음으로 낸다. 이런 사이클이 만들어지면 주변 사람을 행복하게 할 수 있다. 단, 이런 사이클을 만들려면 돈의 흐름을 디테일하게 상상할 수 있어야 한다.

앞에서 여러분이 번 돈이 어떤 경로를 지나왔을지 상

상해보라고 했다. 이에 더해 돈을 지불할 때 '감사해하는 감각'을 높여서 조그만 일에도 감사해할 줄 아는 마음을 가져보면 어떨까? 이 또한 아주 멋진 일이다.

먼저, 돈을 지불한 상품이나 서비스의 '과거'에 대해 상상의 나래를 펼쳐보라. 여기서 말하는 과거란 자신이 사려고 하는 상품과 서비스가 어떤 경위를 거쳐 지금 자신의 손에 들어오는지를 말한다.

예를 들어 지하철역 플랫폼의 자판기에서 페트병에 담긴 생수를 산다고 치자. 생수 한 병 구입하는 것은 대단한 행위가 아니지만, 생수가 지나온 경로를 상상해보면 별것 아니라고 치부할 수가 없다. 어딘가 산에서 솟아난 물을 퍼 올려 어느 공장으로 실어 나른 후, 여러 공정을 거쳐 페트병에 담았을 것이다. 그것이 유통 경로를 타고 그 지하철역 플랫폼의 자판기에 도달한 것이다.

모든 공정은 어딘가에 사는 누군가가 한 일이다. 구체적인 공정은 전부 상상의 영역을 벗어나지 않지만 어쨌든 그 경로를 상상해보는 것이 중요하다. 우리가 버튼 하나만 누르면, 100엔이라는 저렴한 가격에 물을 살 수 있는 건 여러 사람들의 시간과 기술과 노력 덕분이다. 상상만 해도 '참 고맙다'라는 생각이 들지 않는가?

이번에는 좀 더 고급스러운 호텔의 라운지에서 허브 티를 마실 때를 상상해보라. 대개는 1,000엔이 넘는다. 슈퍼에서 찻잎을 사서 직접 타 마시는 것보다 훨씬 비싸다. 하지만 천장이 높은 널찍한 공간의 푹신푹신한 소파에 앉아 호텔 직원의 세심한 서비스를 받으며 창문 밖에 펼쳐진 절경을 바라보며 차를 마실 수 있다.

그런 공간에서 즐기는 모든 것을 포함해 값을 지불하는 것이다. 1,000엔이 넘는다니 비싼 건 사실이지만 그 가격에 지금 열거한 모든 것이 포함되어 있음을 상기하면 '이런 멋진 광경을 볼 수 있다니 너무 좋다'라는 생각이 들 수 있다. 이렇게 돈을 낸 상품이나 서비스의 '과거'를 상상하는 행위가 감사함의 감각을 높이는 것이다.

그러면 이번에는 '미래'로 시선을 돌려볼까? 미래를 상상한다는 말은 자신이 지불한 돈을 받은 사람들이 그 돈을 어떻게 쓸지를 상상해본다는 뜻이다. 상대의 얼굴을 직접 대면하는 소매점을 예를 들어보자. 가령 편의점에서 포테이토칩을 산다. 이 또한 누구나 일상적으로 하는 쇼핑이다. 그 포테이토칩이 자신의 손에 닿기까지 엄청난 시간과 기술과 노력이 걸린다는 것을 이제는 다들 충분히 상상할 수 있으리라.

단, 여기서 상상했으면 하는 것은 우리가 쓰는 돈의 미래다. 고작 수백 엔짜리 쇼핑이지만 자기가 쓴 돈의 일부는 그 편의점 이익이 되고, 바로 눈앞에 있는 직원의 임금이 된다. 또, 쓴 돈의 일부는 구매 비용으로 상품을 제조하는 업체에 지불되고 그 업체 직원들의 임금이 된다.

월급을 받은 직원들은 그 돈을 어디에 쓸까? 대개 한 달 생활비에, 취미생활에, 여행 경비나 보험료 등에 아주 요긴하게 쓸 것이다.

매일 모두가 조금씩 돈을 씀으로써 소매점과 업체에 이익이 돌아가고 그것이 직원들의 임금이 된다. 그러면 매일 자신이 감사해하는 마음으로 쓰는 돈이 돌고 돌아 다시 누군가의 행복한 기쁨을 위해 쓰인다고 상상할 수 있다. 이것이 돈을 쓸 때 상상했으면 하는 '미래'에 관한 이야기다.

오늘도 누군가가
나를 위해 땀 흘린다

돈이란 결국, 자신이 들여야 하는 노력을 몇 십 분의 일로 줄여 무언가를 손에 넣을 수 있게 하는 수단에 불과하다. 남알프스까지 직접 가서 온갖 고생을 하며 물을 퍼 올리는 대신에 100엔만 내면 얼마든지 물을 구할 수 있다. 수백 엔만 내면 직접 만들기 어려운, 맛있는 포테이토칩을 얼마든지 먹을 수 있다.

우리가 상당한 노력을 들이지 않으면 얻을 수 없는 상품이나 서비스를, 대신 돈으로 지불해 얻을 수 있는 것이다. 이보다 감사한 일이 또 있을까? 오늘도 누군가가 우리를 위해 땀 흘리고 있다. 돈은 본래 그 사람들에 대한 감사의 인사로 쓰이는 것이다. 그리고 감사한 마음으로 쓰이는 돈은 전부 어딘가에 사는 누군가의 손에 도달해 그 사람들의 즐거움과 기쁨의 자원이 된다.

이렇게 과거와 미래를 상상할 수 있으면 돈을 쓰는 일이 그저 아깝기만 한 마음은 사라질 것이다. 타인이 하는 일에 감사함을 느끼면 자연히 자신이 하는 일에도 똑같이 누군가 감사해할 거라고 생각할 수 있다. 감사하는 마음으로 돈을 바라보면, 돈을 받을 때든 낼 때든 기쁨을 느끼게 된다. 행복도가 전혀 다른 것이다.

마인드를 바꾸는
기부의 힘

가진 돈을 잃지 않으려고 전전긍긍하며 살면 인생의 행복도가 단숨에 내려간다. 나는 빈털터리 노숙자 체험을 하며 돈이 없어도 어떻게든 살 수 있겠다고 생각하게 되었다. 하지만 이건 너무 극단적인 방법이라 결코 추천하지 않는다. 그렇게까지 하지 않아도 돈이 사라지는 불안과 공포를 극복하는 방법이 있다. 바로 '기부'를 하는 것이다.

이것은 내가 부친의 회사를 도와주던 20대 중반 시절, 어느 멋진 경영자에게 추천받은 방법이다. 부자가 되고 싶으면 기부를 하라고 해서 나는 즉시 근처에 있는 편의점 모금함에 1만 엔짜리를 집어넣었다.

실은 내가 마음에 두고 있던 편의점 아르바이트생에게 멋진 모습을 보여주고 싶은 속셈도 있었다. 나는 그 애가 있는 계산대로 가서 캔 커피 하나를 내고, 1만 엔짜리를 천천히 네 등분으로 접어 모금함에 넣으려고 했다. 그 순간, 계산대 뒤편에서 "삐~" 하고 전자레인지가 울리면서 그 애가 몸을 뒤로 휙 돌렸다. 내 앞의 손님이 산 도시락을 데우고 있었던 것이다.

멋진 모습을 보여주지 못할 바에야 여기서 물러나자. 그렇게 생각하는 찰나, 옆에 있던 남자가 '우와~! 이 사람 1만 엔이나 기부하려나 봐!'라는 눈으로 나를 빤히 보고 있었다. 이쯤 되니 물러나고 싶어도 물러날 수가 없었다. 그래서 나는 그대로 1만 엔을 넣고 말았다는 슬픈 이야기다…. 이렇게 내 최초의 기부는 한심하기 짝이 없다.

가능한 범위에서
다른 사람을 도와주는 습관

한심해도 기부는 기부다. 어쨌든 이걸로 어떤 행운이 찾아올까 기대했다. 거액의 계약이 성사되려나, 아니면 임시 수입이 생길까…. 나는 나 좋을 대로 생각하고 이제나저제나 목이 빠져라 기다렸으나 결국 아무 일도 일어나지 않았다. 일주일 후, 기부를 추천한 경영자를 만나 불평을 쏟아냈다.

"사장님, 제가 1만 엔이나 기부했는데 아무 일도 일어나지 않았어요…."

"난 무슨 일이 일어난다고는 안 했는데?"

"네?(그러면 내 1만 엔은 어쩌죠!)"

하고 놀라는 나에게 그 경영자는 이렇게 말했다.

"하지만 내가 시킨 대로 하다니 제법이네. 단, 기부를 하기로 했으면 폼 나게 해야지. 다른 사람한테 보여준답시고 편의점에다 기부하지 말고 이번에는 아무도 모르게 기부해봐. 계속 하다 보면 내 말이 무슨 뜻인지 알게 될 거야."

　아무도 보지 못하는 곳이라면 은행이 좋으리라 생각하고 나는 서둘러 은행에 가서 유니세프와 적십자에 기부를 시작했다. 이번엔 그 경영자가 해준 말을 철저히 따르기로 하고 입금자의 이름을 적는 칸에 가명을 써넣었다. 사실 내 이름을 몹시도 쓰고 싶었지만 말이다.

　얼마나 계속했을까, 어느새 돈에 대한 집착이 사라진 나 자신을 발견했다. 그리고 안도감과 신뢰감이 생겼다.

　'나한테 무슨 일이 있어도 어딘가에서 돈이 들어오겠지.'

　'그러니 돈을 많이 벌고 싶다고 눈이 벌게질 필요는 전혀 없어.'

　나는 진심으로 그렇게 생각했다. 그리고 기부를 추천했던 경영자의 말이 떠오르면서 부자는 경제적으로만이 아니라 마음으로도 부자라는 사실을 실감했다. 사업이 성공궤도에 오른 것도 마침 그 무렵이었다. 사업이 성공하기 전, 부자에게는 마음의 여유가 있다는 걸 알게 된 것이 내게는 큰 도움이 되었다.

액수가 클 필요는 없다. 정말로 자신의 생활을 위협하지 않는 정도의 액수를 정기적으로 기부하면 된다. 신뢰할 수 있는 단체에 맡기면 기부한 돈은 반드시 어딘가에 사는 누군가를 위해 쓰일 것이다. 그들의 입장에서 보면 어디에 사는 누군지도 모르는 사람이 자기들을 위해 돈을 내주는 것이다.

세상은 서로 도와 성립되는 부분이 굉장히 크다. 기부를 통해 그 서로 돕는 띠 안에 들어가 있다는 걸 실감하면 '내가 곤경에 처했을 때도 누군가가 분명히 도와줄 것'이라고 믿을 수 있다.

마음 부자는
'현명하게
자기중심적인 사람'

기부에 습관을 들이면 내가 모르는 수많은 사람의 지원을 받아서 지금의 내가 있다는 걸 깨달을 수 있다.

가령 나는 오늘 수도고속도로를 타고 달렸다. 수도고속도로는 1962년 도쿄올림픽 개최 직전에 세워진 도로다. 당시에 세금을 낸 납세자 덕분에 오늘날 내가 수도고속도로를 타고 달릴 수 있는 것이다. 아무 생각 없이 이용하는 교통 인프라도 전쟁 후 불에 타 황무지가 된 땅에서 다시 일어선 사람들이 지금 일본의 초석을 세운 덕택이다. 중학교까지의 공교육은 모르는 누군가가 낸 세금으로 운영된다. 의료비를 전액 내지 않아도 되는 것은 전 국민이 낸 보험 덕택이다. 이런 예는 헤아릴 수 없이 많다. 그렇게 생각해보면 세금과 연금이나 보험료를 낼 때의 의식도 달라질 것이다.

개중에는 '난 병원에 잘 가지도 않는데 매년 이렇게 많은 건강보험료를 내야 하다니 억울해'라고 생각하는 사람도 있을지 모른다. 하지만 그 돈은 어딘가에 사는 누군가에게 도움이 될 뿐만 아니라, 만에 하나 병에 걸리면 나 또한 그들이 낸 세금을 의료비로 지원받을 것이다.

세금에 관해 논의할 때면, 늘 돈 낭비라는 비판에 직면한다. 하지만 대부분은 세상을 위해, 사람들을 위해 쓰일 것이다. 무엇보다 지금 우리가 일정하게 쾌적한 삶을 유지하는 것이 그 증거다.

나도 누군가를 도와서 행복하게 만들 수 있고 나 또한 누군가에게 도움을 받아 행복해질 수 있다. 세금과 연금, 건강보험료를 서로 돕기 위한 자본금이라고 이해하면 누구나 기꺼이 그 돈을 낼 것이다.

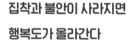

집착과 불안이 사라지면
행복도가 올라간다

다른 사람을 도울 때 가장 은혜를 받는 것은 자기 자신
이다. 그럴싸한 말처럼 들리겠지만 오해하지 마라. 나라
에 돈을 낼 때 기꺼이 내라고 말하는 이유는 그것이 세상
을 위해, 사람을 위해서이기도 하지만 무엇보다 자기 자
신을 위한 것이기 때문이다. 세금을 통해 어려울 때 서로
도울 수 있다고 믿는다면, 돈에 대한 집착과 불안이 사라
지고 행복도가 올라갈 것이다. 그런 의식을 갖기 위해서
라도 기부를 추천한다.

　나는 지금도 여러 단체에 기부를 계속하고 있다. 대부
분의 단체는 활동 내역을 성실히 공표하고 있으며, 개중
에는 기부를 받은 아이들과 교류할 수 있도록 하는 곳도
있다. 아이들의 목소리를 접할 때마다 마음이 따뜻해진

다. 내가 좋은 옷을 사 입거나, 고급 레스토랑에서 스테이크를 먹을 때보다 훨씬 마음이 넉넉해진다. 그리고 안도감과 신뢰감이 늘어난다.

기부를 해보니 그 말이 정말 와닿는다. 기부는 자기 자신이 행복해지기 때문에 하는 것이다. 가장 은혜를 받는 것은 자기 자신이다. 그런 의미에서 마음의 부자 또한 이 책의 첫머리에서 말한 '현명하게 자기중심적인 사람'의 일종이라고 할 수 있으리라.

내 앞에 있는
사람을
웃게 하는 것

Chapter 7.

'소중한 사람을 위해'라고
생각한다면

지금까지의 인생을 돌이켜보니 역시나 부모님에 대한 고마움이 내 인생의 가장 큰 원동력이었다는 결론이 내려진다. 세상에는 부모와 인연을 끊은 사람도 있다. 하지만 적어도 내게는 효도하고 싶은 부모가 있었다. 이것은 지금의 나를 형성하는 큰 출발점이었다.

그렇지 않았더라면 궁지에 몰려 있는 아버지의 회사를 도울 수도 없었을 테고, 홈페이지를 개설해 매출에 공헌하는 일도 없었을 것이다. 그러면 번아웃으로 고민하지도 않았을 테고 세미나 강사로서 새 출발도 모색하지 않았을 것이다.

당시의 나에게 소중한 사람이란 다름 아닌 부모님이었고 그 '소중한 사람을 위해서'라고 생각하자 '나를 위해서' 일할 때보다 100배나 되는 힘을 발휘할 수 있었다. 그것이 지금의 나를 만든 것이다.

다만 처음부터 효도하고 싶다고 생각했던 것은 아니다. 오히려 호주에 가기 전까지는 아버지를 특별히 존경하지 않았고 사이도 그다지 좋지 않았다. 오토바이를 탈 때도 그랬지만 아버지는 내가 뭐만 하려고 하면 무조건 반대부터 했기 때문이다. 그러던 내가 돌변해 효도해야겠다는 일념으로 크나큰 힘을 발휘한 데는 두 가지 계기가 있었다.

"하고 싶은 대로 마음껏 해봐"

첫 번째는 부친의 회사에서 영업 현장을 지휘하던 이와
모토 씨다. 이와모토 씨는 일류대를 졸업한 후 유명 자동
차 업체에서 설계를 담당하던 엘리트였다. 내 입장에서
보자면 '왜 아버지 회사로 전직했을까?'라고 의아했던
사람이었다.

이와모토 씨는 나를 몹시 귀여워해서 학교가 쉬는 날
에는 점심시간이 되면 자주 불고기집에 데리고 가주었
다. 어느 날, 이와모토 씨에게 물어본 적이 있다.

"그렇게 대단한 회사를 버리고 왜 우리 회사에 오셨
어요?"

이와모토 씨의 대답은 아주 심플했다.

"난 이 세상에서 골프를 제일 좋아해. 그런데 아버지
회사에 있으면 온종일 골프를 칠 수 있거든. 내 인생에서
지금이 가장 즐거워."

당시 내가 중학생이었는지 고등학생이었는지 확실하
지 않지만 이 대답으로 아버지를 보는 눈이 조금 달라

졌다.

'아, 아버지가 하는 일이 누군가를 행복하게 해주는 구나.'

그 순간 아버지에 대한 응어리가 조금 풀리는 느낌이 들었다.

그 후 회사의 경영이 악화되고 직원들이 줄지어 떠나는 동안 회사에 남아서 우리를 도와준 것도, 직원이 된 내가 홈페이지를 이용해보자고 제안했을 때 "하고 싶은 대로 마음껏 해봐"라고 말해준 것도 이와모토 씨였다.

그런데 사업이 상승세로 돌아선 순간, 이와모토 씨 몸에서 암이 발견되었다. 이미 말기까지 진행되어 바로 입원해야 했다. 현장 사령탑이 갑자기 사라지자 직원들은 한동안 어찌할 바를 모르고 우왕좌왕했다. 하지만 그런 상황도 그리 오래가지 않았다. 이와모토 씨의 몫까지 열심히 하자는 일념으로 각자 일사분란하게 일하기 시작했기 때문이다.

결국 이와모토 씨는 암이 발견된 후 고작 3개월 만에 세상을 떠났다. 그런데 이게 무슨 조화인지, 이와모토 씨가 세상을 떠나고 며칠 후에 우리 회사의 홈페이지가 야후 검색엔진 상위에 노출되는 기염을 토했다.

당시에는 야후에 나오느냐 아니냐로 매출이 현격하게 차이가 났다. 단, 야후 검색엔진 상위에 표시되는 기업은 야후의 독자적인 기준에 따라 일일이 심사를 받아야 했다. 그것이 꽤나 난관이었다. 심사 기준이 외부에 새어나가지 못하게 엄격하게 관리되어 심사 기준에 맞춰 신청한다는 전략도 세울 수가 없었다. 우리 회사도 몇 번인가 신청했다 떨어졌다.

그런데 이와모토 씨가 세상을 떠난 이튿날 심사에 통과된 것이다. 그 직후, 순식간에 매출이 오르면서 쓰러져가던 회사가 단숨에 다시 일어섰다.

회사에 입사했을 때 나는 일에 관해서는 아는 게 하나도 없는, 아무 짝에도 쓸모가 없는 인간이었다. 그런 내가 능력을 발휘하고 회사 재건에 공헌할 수 있던 것은 당시 이와모토 씨가 "하고 싶은 대로 마음껏 해봐"라고 말해주었기 때문이다. 그렇지 않았더라면 나는 회사원으로서는 얼마간 성장했을지 몰라도 큰 실적은 올리지 못했을 것이다.

이와모토 씨는 아버지에 대한 응어리를 풀어주었고 효도하고 싶다는 생각을 갖게 하는 계기도 마련해주었다. 그리고 소중한 사람을 위해 100배나 되는 힘을 발휘할 수 있는 기회도 주었다.

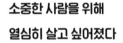

소중한 사람을 위해
열심히 살고 싶어졌다

나의 숨겨진 능력을 발휘할 수가 있었던 두 번째 요인은 바로 부모님이다. 나는 고등학교를 졸업한 후, 간신히 단기대학에 들어갔으나 '내가 알고 싶은 걸 가르쳐주지 않는다'는 이유로 학교에는 거의 나가지 않았다. 결국 제적이 되었고 완전히 백수가 되었다.

그때 아르바이트를 같이 하던 선배가 호주를 여행했다는 이야기를 듣고 "우와~ 나도 가고 싶어! 이왕 갈 거면 자전거로 돌아보자"라고 나서게 되었다. 공부를 때려

치우고 아르바이트 생활을 하던 아들이 갑자기 자전거로 호주 여행을 하겠다고 선언하면 당연히 반대하는 부모가 많지 않을까?

하지만 우리 부모님은 전혀 그렇지 않았다. 그러기는커녕 공항까지 와서 내가 가는 모습을 지켜봐주었고 여행 중 필요한 물품이 생기면 그때그때 보내주었다. 내가하는 일에 불만이 많았던 아버지였지만 이때만큼은 하고 싶은 일을 100퍼센트 하게 해주었다.

나는 이 무렵부터 서서히 부모님이 얼마나 고마운 존재인지를 깨닫기 시작했다. 그래서인지 가는 곳마다 거리를 오가는 나이 든 부부에게 나도 모르게 부모님을 투영해 보았다. 호주에서는 노부부가 손을 잡고 걷는 모습을 흔하게 볼 수 있었다. 척 보기에도 유유자적하고 행복해 보였다. 이런 풍요로운 노후를 보낼 수 있다니, 나는경탄을 금치 못했다. 그런 모습을 볼 때마다 '우리 부모님에게도 저런 노후의 행복을 안겨드리고 싶다. 그렇지않으면 나도 행복하지 않을 거야'라는 생각이 들었던 것이다.

　그런데 귀국해보니 아버지 회사가 도산 직전이었다. 여행 중에 효도하고 싶은 마음으로 가득해진 내가 '좋아, 아버지와 어머니를 위해 이제 열심히 뛰어보자'라고 생각한 것은 자연스러운 흐름이었다.

　부모에게 반항하고 제멋대로 행동하던 내가 도달한 결론은 바로 앞에 있는 소중한 사람을 웃게 하자는 것이었다. '자신을 위해서'라는 욕구가 채워진 후에는 '소중한 사람을 위해' 뭔가 하고 싶었던 것이다.

행복의 띠를 늘린다는 것

전에 와헤이 씨가 했던 감동적인 말이 떠오른다.

　"성공한 사람은 성공하기로 마음먹었기 때문에 성공하는 거야. 성공하기로 마음먹는 건 어떤 동기를 갖고 있느냐에 따라 달라지지. 그럼 어떤 동기로 성공할 마음을 먹을까? 그게 알고 싶으면 위인전을 읽어보면 돼."

　시키는 대로 위인전을 읽어보았지만 몇 번을 읽어도

성공한 사람의 동기가 무엇인지 통 알 수가 없었다. 그래서 그 동기란 무엇인지 와헤이 씨에게 물어보았다. 그러자 다음과 같은 대답이 돌아왔다.

"어디 보자, 첫 번째 동기는 '집을 지키자'였지. 아내와 아이들을 먹여 살리자. 아버지, 어머니를 안심시키자. 그 바람이 이루어지면 다음에는 지역사회야. 내가 사는 지역을 얼마나 풍요롭게 할 것이냐는 거지. 그 바람이 이루어지면 마지막으로 국가가 돼. 이렇게 해서 위인들은 점점 동기를 크게 가졌어. 국가는 집의 집합이니까, 처음에 집이 중요하지."

이때는 솔직히 잘 이해하지 못해 "그렇군요~"라고 적당히 맞장구쳤는데 지금이라면 와헤이 씨의 진의를 알 수 있을 것 같다. 결국, 가장 가까운 곳을 채우지 못하면 큰일도 해낼 수 없다는 말이리라.

와헤이 씨는 '처음은 집'이라고 말했지만 아마 그 전에 '자신을 채우라'라고 말하고 싶었을 것이다. 자신을 꽉 채우는 것을 와헤이 씨만큼 잘하는 사람을 나는 따로 알지 못한다.

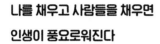
나를 채우고 사람들을 채우면
인생이 풍요로워진다

이 책의 첫머리에서 '다른 사람을 행복하게 한다는 것에
는 빠지기 쉬운 함정이 있다'고 말이다. 여기까지 읽은
분이라면 그 대답을 이미 충분히 알았으리라 생각한다.
그 함정이란 바로, 자기희생 의식이다. '해준다'에서 싹트
는 보상을 바라는 마음이다.

　그런 마음이 있는 한, 아무리 소중한 사람을 행복하게
하고 싶어도 서로 행복해질 수 없다. 받은 만큼 갚으라고
바라는 한 인간은 진심으로 웃을 수 없다.

　그 함정에 빠지지 않으려면 주변 사람들이 그동안 나
를 얼마나 행복하게 해주었는가, 과연 나라는 존재는 누
군가를 기쁘게 해주었는가를 깨닫고, 소중한 사람을 행
복하게 하는 것이 나의 행복이라는 생각을 갖는 것이 중
요하다.

　이 책의 첫머리에서 나는 이런 말도 했다. 감사해하는
마음과 더불어 자신감으로 가득한 '현명하게 자기중심적

인 인물'이 되어야 한다고.

이렇게 말하는 나도 여전히 스스로를 채우는 과정에 있다. 주변 사람들이 나를 얼마나 행복하게 해주었는지 금세 잊어버리고, 사소한 일에 마음 상하는 경우도 부지기수다. 그런 쩨쩨한 내가 얼굴을 내밀 때마다 이렇게 생각한다.

'지금 나 좀 위험한 것 같아.'

'10년 후에 멋지게 성장한 나라면 지금의 나에게 뭐라고 할까?'

'와헤이 씨라면 어떻게 대처할까?'

10분 후 행복해지기 위해 지금의 생각과 태도를 바꾸는 것이다. 그리고 그것을 반복해서 연습한다. 그러면 분명히 10년, 20년 후에는 제법 성장할 수 있지 않을까? 나에게는 앞으로 40대에 나와 주변을 행복으로 채우고, 50대를 거쳐 60대 이후에는 정말로 주변 사람들만을 위해 살고 싶다는 바람이 있다. 그때는 더 강하고 흔들리지 않는 '꽉 채워진 사람'으로 성장해 주변 사람들을 좀 더 웃게 할 수 있기를…. 그렇게 되면 무엇보다 나 자신이 더 풍요로운 행복감에 젖어 있을 것 같아 벌써부터 몹시 기대가 된다.

먼저 자신을 채울 것. 그래야 3미터 안에 있는 소중한 사람들을 웃게 할 수 있다. 그들을 위해 100배나 되는 힘도 발휘할 수 있다. 웃음의 띠가 점점 확산되면 자기도 모르는 사이에 커다란 성취를 이루게 될 것이다. 그리고 결국 인생은 풍요롭고 행복해질 것이다.

자, 여러분은 어떤 인생을 만들어갈 것인가? 마지막으로 묻고 싶다.

"당신의 3미터 안에는 누가 있습니까?"

에필로그

가까운 사람을 행복하게 해주기 위해 진심으로 행동해보라. 그러면 인생이 열릴 것이다. 그게 만약 어렵다면 자기 자신을 진정으로 행복하게 해주기 위해 행동해보라. 그러면 인생이 호전될 것이다. 그리고 나면 주변 사람이 여러분을 얼마나 행복하게 해주었는지도 알게 될 것이다.

내게는 일곱 살, 두 살 된 딸이 있다. 아직은 어려서 제대로 전달되지 않겠지만 언젠가 이런 말을 해주고 싶다.

너희가 우리에게 할 수 있는 최대의 효도는 부모의 기대에 부응하는 게 아니라 스스로 행복하게 사는 것이라고.

부모가 되고 나서야 이런 생각을 하게 되었다. 아빠, 엄마의 기대에 부응하지 않아도 돼. 인정받으려고 하지 않아도 돼. 어디를 가든 행복을 느낄 수 있는 사람이 된다면 그걸로 충분해.

아직 40대 중반인 내가 인생을 논하기에는 조금 이를지도 모른다. 하지만 내가 인생에서 가장 행복한 순간은 가까운 사람들과 어울릴 때다. 설령 위대한 성취를 해냈다 한들 가까운 사람과 원만하게 지내지 못하면 평생 고독 속에 살아야 한다. 하지만 큰 성취는 하지 못해도 가까운 사람들과 돈독한 관계를 맺고 산다면 인생에 절망하는 일은 없을 것이다. 만약 뭔가 하고 싶은 일이 생겼을 때도, 그 분야에 재능이 있는 친구나 주변 사람이 발 벗고 나서서 도와줄 것이다. 반대로 자신의 재능을 발휘해 주변 사람들을 기쁘게 해줄 수도 있다. 인생에서 가장 큰 행복은 사람들과의 관계 속에서 싹트는 게 아닐까?

내 인생의 목적은 '웃는 시간을 조금이라도 늘리는 것'

이다. 이것이 20대 시절, 다들 그렇듯 자아를 찾는다며 방랑하던 시절에 발견한 인생 목표였다. 지금도 그 목표를 소중히 여기고 있다.

혼자서가 아니라 친한 사람들과 함께 웃는다. 함께 웃었던 추억은 평생 인생을 풍요롭게 만들어준다. 우리 아이들도 주변 사람들로 인해 많이 웃고, 주변 사람들을 많이 웃게 하는 사람이 되면 좋겠다. 그러기 위해서라도 언젠가 이 말을 아이들에게 해주고 싶다.

"자기가 좋아하는 일을 하도록 해."

"사람들을 사랑하고 사람들에게 사랑받는 사람이 돼라."

"좋아하는 사람들에게 둘러싸여 지내렴."

아직 중학생이던 시절, 아버지 회사에 놀러갔을 때 이와모토 씨가 불고기를 사주며 이렇게 말했다.

"지금이 나는 얼마나 행복한지 몰라. 아버지 회사에 온 뒤로 좋아하는 골프를 실컷 칠 수 있어서. 너도 네가 좋아하는 일을 했으면 좋겠구나."

그렇게 말해준 덕분에 한창 반항기였던 중학생 시절

의 나는 아버지를 자랑스럽게 생각할 수 있었다.

지금 나는 좋아하는 일을 하고, 좋아하는 사람에게 둘러싸여 살고 있다. 돌이켜 생각해보면 이와모토 씨의 한마디가 행복한 삶을 살 수 있게 나를 인도해주었다. 반경 3미터 안에 있는 사람이 나 자신을 얼마나 행복하게 해주었던가? 옛날의 나는 좀처럼 깨닫지 못했다. 지금 이책을 읽고 있는 여러분이 지금이라도 깨달을 수 있다면 여러분의 인생은 당장에 풍요로워질 것이다.

3미터 안에 있는 사람들은 정말로 나를 행복하게 해준다. 잠깐 생각해봤는데도 친숙한 얼굴들이 줄줄이 떠오른다. 그분들에게 진심으로 감사드린다. 마지막으로 이책을 읽어주신 독자분들께 정말로 감사 인사를 드린다. 여러분과 여러분의 반경 3미터 안에 있는 사람들이 점점더 행복해지고 그 띠가 점점 더 커지기를 바란다.

혼다 고이치

30미터의 행복

2021년 3월 10일 초판 1쇄

지은이 · 혼다 고이치
옮긴이 · 전경아
펴낸이 · 김상현, 최세현 | 경영고문 · 박시형

책임편집 · 남연정 | 디자인 · ALL design group
마케팅 · 양근모, 권금숙, 양봉호, 임지윤, 이주형, 유미정, 전성택
디지털콘텐츠 · 김명래 | 경영지원 · 김현우, 문경국
해외기획 · 우정민, 배혜림 | 국내기획 · 박현조
펴낸곳 · (주)쌤앤파커스 | 출판신고 · 2006년 9월 25일 제406-2006-000210호
주소 · 서울시 마포구 월드컵북로 396 누리꿈스퀘어 비즈니스타워 18층
전화 · 02-6712-9800 | 팩스 · 02-6712-9810 | 이메일 · info@smpk.kr

ISBN 979-11-6534-316-3 (03830)

• 잘못된 책은 구입하신 서점에서 바꿔드립니다.
• 책값은 뒤표지에 있습니다.

쌤앤파커스(Sam&Parkers)는 독자 여러분의 책에 관한 아이디어와 원고 투고를
설레는 마음으로 기다리고 있습니다.
책으로 엮기를 원하는 아이디어가 있으신 분은 이메일 book@smpk.kr로
간단한 개요와 취지, 연락처 등을 보내주세요.
머뭇거리지 말고 문을 두드리세요. 길이 열립니다.